CB018824

Márcia Honora • Mary Lopes E. Frizanco

100 Jogos para se divertir

com versões adaptadas para crianças com deficiência

Ciranda Cultural

CIP-BRASIL. CATALOGAÇÃO NA PUBLICAÇÃO
SINDICATO NACIONAL DOS EDITORES DE LIVROS, RJ

H748c

Honora, Márcia

100 jogos para se divertir / Márcia Honora, Mary Lopes Esteves Frizanco ; ilustração Sérgio Severo. - 1. ed. - Barueri : Ciranda Cultural, 2016. 240 p. : il.

ISBN 9788538057345

1. Educação física para crianças. 2. Jogos educativos. 3. Jogos em grupo. 4. Brincadeiras. 5. Inclusão escolar. I. Frizanco, Mary Lopes Esteves. II. Severo, Sérgio. III. Título.

16-30453

CDD: 372.86
CDU: 373.3.016:796

Revisão técnica: Fabiana Stival Morgado Gomes
Ilustrações: Sérgio Severo
Produção: Ciranda Cultural

1ª Edição
www.cirandacultural.com.br

Há escolas que são gaiolas e há escolas que são asas

Escolas que são gaiolas existem para que os pássaros desaprendam a arte do voo. Pássaros engaiolados são pássaros sob controle. Engaiolados, o seu dono pode levá-los para onde quiser. Pássaros engaiolados sempre têm um dono. Deixaram de ser pássaros. Porque a essência dos pássaros é o voo.

Escolas que são asas não amam pássaros engaiolados. O que elas amam são pássaros em voo. Existem para dar aos pássaros coragem para voar. Ensinar o voo, isso elas não podem fazer, porque o voo já nasce dentro dos pássaros. O voo não pode ser ensinado. Só pode ser encorajado.

Rubem Alves[1]

1. ALVES, Rubem. *Gaiolas e asas*. Disponível em: <http://www1.folha.uol.com.br/fsp/opiniao/fz0512200109.htm>. Acesso em 26/09/14.

Sumário

VAMOS MEXER O ESQUELETO?

É HORA DE MONTAR OS TIMES!

A TURMA TODA REUNIDA!

QUEM SERÁ O VENCEDOR?

PARA QUEBRAR A CUCA...

Dedicatória

Dedicamos este livro aos nossos amigos, dos mais presentes aos mais distantes, dos mais alegres aos mais tristes, dos mais novos aos mais antigos. Afinal, amigos são irmãos que a vida nos deu de presente com direito de escolha.

Márcia Honora

Dedico este livro a meus poucos e eternos amigos.

Melisa, irmã que a vida me deu e o coração aceitou. Você é o melhor presente que meus pais me deram. Eu amo você.
Adriano Gedhini, amigo com quem adoro conversar sobre tudo.
Wagner Allan Cagliumi, amigo-irmão que a vida afastou, mas que adoro mesmo a distância.
Cláudio, meu melhor amigo, namorado e marido. Adoro dividir minha vida com você. Amo você.
Ana Paula, minha eterna amiga da sorte. Saudades.
Minha mãe, minha melhor amiga e a melhor mãe que eu poderia ter. Obrigada por tudo.

Dedico também este livro a todos meus alunos do curso de Educação Física da UNISA e Faculdade Morumbi Sul. Adoro todos e cada um de vocês.

Mary Frizanco

Dedico este livro a Deus, que sempre está abençoando meu caminho.
A todos os amigos que estão presentes em minha vida.
Aos meus pais, Herculano e Maria, por apoiarem tudo que faço.
Aos meus irmãos Miriam, Manoel e Elias.
Em especial aos meus filhos Murilo e Mariana, presentes de Deus em minha vida, e ao meu marido Flávio – você é muito especial. Eu amo você.

As autoras

Foi atuando com consultoria a professores de alunos com deficiências na sala de aula regular que as escritoras se conheceram e fizeram muitos trabalhos juntas. A partir desse relacionamento profissional, surgiu a oportunidade de escreverem esta obra.

Márcia Honora

Nasceu em São Paulo, no mesmo dia em que o Brasil foi tricampeão mundial de futebol. Decidiu ser fonoaudióloga aos 9 anos, quando viu pela primeira vez um grupo de crianças com surdez se comunicando por Língua Brasileira de Sinais (Libras). É formada pela PUC/SP e mestre em Educação pela Universidade Cidade de São Paulo. Atualmente, trabalha como consultora de inclusão educacional e atua como professora universitária. Seus alunos são sua grande paixão. É escritora de livros paradidáticos e pedagógicos. Trabalhar com a formação de professores tem sido sua prática há mais de dez anos, e escrever este livro de jogos adaptados é mais uma tentativa de mostrar que é possível uma educação inclusiva de qualidade.

Mary Lopes Esteves Frizanco

Nascida em Santo André, casada e mãe de dois filhos, é formada em Pedagogia, Psicopedagogia, Psicopedagogia da Educação Especial e é especializada em Deficiência Auditiva.

Atualmente, é professora de inclusão, professora universitária e intérprete de Libras, além de escritora de livros pedagógicos. Trabalhar com inclusão tem sido sua prática há mais de dez anos.

Revisão Técnica

Fabiana Stival Morgado Gomes

Especializada em Educação Física Adaptada

Nascida em Santo André, Fabiana tem 35 anos e é casada. Formada em Educação Física, possui especialização em Educação Motora, Educação Especial e em Gestão Pública. Atualmente, trabalha como gestora na área de Educação Inclusiva, após ter atuado na implantação e coordenação de um projeto municipal de Santo André em Educação Física Escolar.

Introdução

Quando pensamos no universo infantil, talvez uma das primeiras cenas que nos vem à mente seja a de uma criança brincando. É comum escutarmos adultos falando com saudades de suas brincadeiras na infância, e mais comum ainda presenciarmos crianças sentadas e entretidas com os mais diferentes objetos: ver uma tampinha de garrafa se transformar no volante de um carro de corrida, um carretel de linha se tornar um transatlântico, e uma bacia virar um oceano cheio de tubarões representados por botões. É nessa construção que a criança vai tomando distância de sua realidade e, ao entrar no universo imaginário, constrói o que pensa do mundo, dos outros e dela própria.

Os tempos modernos têm deixado nossas crianças cada vez mais entretidas com jogos de computador, celular e videogame. É muito comum encontrarmos crianças que não fazem nenhum tipo de atividade física. O reflexo disso aparece quando, mesmo bem pequenos, meninos e meninas já apresentam obesidade, colesterol, hipertensão e outros problemas de saúde que até pouco tempo eram comuns apenas entre os adultos.

Por esse motivo, pensando em propor diferentes experiências para as crianças, trazemos atividades para que os pequenos possam aproveitar mais intensamente a infância. Nós acreditamos que brincar é inerente a essa fase da vida e indispensável para auxiliar o desenvolvimento infantil, e isso é inquestionável. Acreditamos, principalmente, que todas as crianças têm direito de brincar, independentemente de suas limitações e deficiências. Entretanto, durante nossa vivência no meio educacional, já presenciamos muitas situações em que alunos com deficiência foram excluídos de aulas de Educação Física ou de atividades de recreação. Quando isso ocorre, eles são convidados a ficar sentados numa cadeira, muitas vezes colorindo um desenho, enquanto os demais participam animadamente de alguma atividade física.

Considerando essa realidade, propomos neste livro 100 oportunidades de jogar, brincar e aprender algo novo com todas as crianças, incluindo nas atividades aquelas que têm alguma deficiência e sempre respeitando suas limitações e seu ritmo diferenciado. Escolhemos com cuidado cada uma das atividades, assim como os materiais necessários para colocá-las em prática, de maneira que muitos deles podem ser facilmente encontrados. Dessa forma, buscamos garantir que elas tenham o mínimo de dificuldades para serem realizadas e possam ser aplicadas ao maior número de turmas possível.

Assim, convidamos todos os educadores a, de fato, conjugar o verbo "incluir" em suas escolas.

Apresentação

A proposta deste livro é disponibilizar a professores de Educação Infantil e Ensino Fundamental, monitores de recreação e a todos os envolvidos com a prática da atividade física jogos e brincadeiras que podem ser realizados com grupos de crianças (e até mesmo de adultos).

Com esse objetivo, antes de mais nada, apresentamos o conceito de jogos e brincadeiras que norteou as nossas escolhas. Em seguida, há um breve capítulo sobre a história dos jogos infantis e a concepção de desenvolvimento infantil – bem como sua relação com os jogos – de acordo com grandes estudiosos, como Piaget e Vygotsky. Então, são apresentadas brincadeiras convencionais e sugestões de adaptações para que crianças com deficiência também possam participar. Assim, respeitando a individualidade de cada um, meninos e meninas com ou sem deficiência podem participar juntos e nas mesmas condições, já que as atividades adaptadas propiciam a equiparação de oportunidades.

Vale ressaltar que o aluno com deficiência inserido na sala de aula regular não é o único a se beneficiar dessas adaptações, visto que elas podem favorecer também aqueles que não têm deficiência. Portanto, essas mudanças nos jogos são benéficas para todos.

As atividades apresentadas podem ser realizadas no pátio, na quadra, na sala de aula e até dentro de casa, sendo que algumas são competitivas, outras colaborativas, e há ainda aquelas cujo foco é a recreação e a integração. Essa diferenciação entre os tipos de brincadeira foi usada como referência para agrupá-las em cinco capítulos:

- Vamos mexer o esqueleto?: brincadeiras que envolvem música e expressão corporal;
- É hora de montar os times!: jogos competitivos realizados em grupos;
- Quem será o vencedor?: jogos competitivos nos quais os participantes disputam individualmente;
- A turma toda reunida!: atividades em que a colaboração entre os participantes é fundamental para a realização da proposta.
- Para quebrar a cuca...: jogos que desenvolvem o raciocínio, a coordenação motora, a atenção, etc.

Nos capítulos, os jogos e as brincadeiras foram organizados em ordem alfabética para serem facilmente localizados, e estão descritos conforme as seguintes informações:

- Objetivo: apresentação de algumas das habilidades que serão trabalhadas em cada jogo ou brincadeira, justificando sua proposta;
- Material: indicação de quais materiais serão necessários para a realização da atividade;
- Espaço apropriado: sugestões de quais lugares são os mais adequados para o desenvolvimento da atividade (vale ressaltar que os espaços podem ser adaptados de acordo com a realidade de cada escola);
- Descrição do jogo: apresentação de cada fase da atividade, desde a disposição no espaço no início da brincadeira até o término dela;
- Variação: formato diferenciado para realizar a mesma atividade, o qual busca deixar a brincadeira mais atraente para os participantes;
- Curiosidade: dados interessantes, origens, canções e tradições que envolvem as atividades apresentadas;
- Indicação de adaptação: proposta de realização da atividade (incluindo materiais, espaço e desenvolvimento) considerando as necessidades de crianças com diferentes tipos de deficiência.

Enfim, trata-se de um livro para quem deseja vivenciar a infância em sua maneira mais pura, brincando e aprendendo, sem restrições e com equiparação de oportunidades.

Jogos e brincadeiras na infância

Muito já se falou sobre jogos e brincadeiras, e diversos autores têm diferentes conceitos para o que é um jogo. Sendo assim, preferimos utilizar a definição de Brougère e Henriot[1], segundo os quais o jogo é:

- Um sistema de regras que caracteriza cada jogo, as quais podem ser implícitas ou explícitas. No jogo da velha, por exemplo, a regra explícita é o jogador conseguir marcar símbolos idênticos nas linhas verticais, horizontais ou diagonais. A regra implícita é dificultar as estratégias do adversário, impedindo que ele marque o ponto;
- Um objeto que se materializa. Uma bola, por exemplo, pode ser usada com muitas finalidades e em vários jogos, mas, quando colocada em uma quadra de futebol com 11 jogadores de cada lado, ela se torna o principal objeto do jogo.

Além disso, o jogo é uma atividade lúdica, rica, afetiva, intelectual e, acima de tudo, social. Portanto, quando uma criança joga, ela tem mais facilidade para entender como as relações se estabelecem, respeitar as regras, aprender a esperar a sua vez de jogar e a lidar com momentos de vitória e de derrota. Todas essas aprendizagens podem refletir em sua vida adulta.

O segundo conceito importante é entender uma brincadeira como sendo uma atividade também infantil, mas com regras muito mais simples e na maioria das vezes flexíveis, ou seja, uma atividade mais livre do que o jogo. Um exemplo de brincadeira é o faz de conta, no qual existe uma incorporação de personagens conhecidos das crianças: é o que acontece, dentre outros casos, quando elas brincam de mamãe e filhinha, paciente e médico ou aluno e professora. Na brincadeira, as crianças demonstram o que sentem, entram em contato com conflitos e trabalham a resolução de problemas de uma forma lúdica e divertida.

A principal diferença entre jogo e brincadeira, portanto, é a presença de regras rígidas, mas as semelhanças e os ganhos de utilizar esses instrumentos como formas de aprendizagem pelos alunos são visíveis e de suma importância para o desenvolvimento desses indivíduos.

Considerando todos os benefícios promovidos ao desenvolvimento infantil pela realização de jogos e brincadeiras, vale, então, repensar o tempo que a escola disponibiliza para essas atividades, bem como trabalhar diferentes propostas adequadas à realidade do grupo. Dessa maneira, o aprendizado pode acontecer de forma lúdica e produtiva.

1. Citado em KISHIMOTO, Tizuko Morchida (org.). *Jogo, brinquedo, brincadeira e a educação.* São Paulo: Cortez, 1996.

Uma breve viagem pela história dos jogos

A ideia de jogo é quase tão antiga quanto a própria humanidade. Prova disso é que, durante escavações em sítios arqueológicos datados de centenas de anos antes da Era Cristã, já haviam sido encontrados em túmulos de crianças diversos jogos e brinquedos, entre eles piões e bonecas.

O primeiro registro que se tem dos jogos é da antiguidade greco-romana, período em que eles eram entendidos como um modo de relaxamento para ser realizado antes das atividades que exigiam esforços físicos, intelectuais e escolares[1]. Além disso, eram usados também com o propósito de ensinar a ler. Essa paixão da humanidade por objetos e atividades que distraem e proporcionam aprendizado sempre acompanhou o ser humano em sua existência. Sabe-se que na Grécia, por exemplo, os jovens brincavam com bexigas de animais cobertas com couro.

Kishimoto (1993) nos deixa clara a forma como ocorre a transmissão dos jogos entre as gerações:

"A tradicionalidade e universalidade dos jogos assenta-se no fato de que povos distintos e antigos como os da Grécia e Oriente brincavam de amarelinha, de empinar papagaios, jogar pedrinhas e até hoje as crianças o fazem quase da mesma forma. Esses jogos foram transmitidos de geração em geração por meio de conhecimentos empíricos e permanecem na memória infantil."[2]

Apesar de sua reconhecida importância no Oriente e na Grécia, na Idade Média, o jogo foi visto como algo "não sério", por sua associação com os jogos de azar e por causa da forte influência da Igreja Católica. Nessa época, os jogos passaram a ser considerados ofensivos e imorais. Segundo Brougère (2004):

"Antigamente, a brincadeira era considerada, quase sempre, como fútil, ou melhor, tendo como única utilidade a distração, o recreio e, na pior das hipóteses, julgavam-na nefasta. O conceito dominante da criança não podia dar o menor valor a um comportamento que encontrava sua origem própria, por meio de um comportamento espontâneo. Foi preciso, depois de Rousseau, que houvesse uma mudança profunda na imagem de criança e de natureza, para que se pudesse associar uma visão positiva às suas atividades espontâneas."[3]

O jogo começou a ser visto como conduta livre, que favorece o desenvolvimento da inteligência e facilita o estudo[4], no Renascimento, época que surgiram os primeiros brinquedos educativos, os quais, porém, ganharam força e respeito apenas no século XX.

Antes disso, no fim do século XVIII, durante o período do movimento artístico-cultural chamado de Romantismo, aconteceu uma mudança no significado da infância: as crianças, que até então eram vistas como adultos em miniatura, começaram a ser consideradas como dotadas de valor positivo, indivíduos que apresentam uma natureza boa e se expressam pelos jogos. A infância passa, então, a ser constituída de espontaneidade e liberdade.

Foi somente no século XIX, contudo, que o jogo passou a ser visto como pré-exercício de instintos herdados e a servir, assim, como uma ponte entre a biologia, explicada por Darwin, e a psicologia, relação estudada por Groos[5]. Este último entendia que o jogo é uma necessidade básica da criança, um instinto, portanto, uma necessidade biológica, e um ato voluntário, aspecto este que o permite ser analisado pelo lado psicológico.

Hoje, no século XXI, muitas mudanças ocorreram na abordagem desse assunto, graças a estudos mais profundos a respeito da criança, do seu desenvolvimento e dos elementos que fazem parte da infância. Sendo assim, não há como negar que os jogos e as brincadeiras são considerados parte fundamental do processo de crescimento físico e intelectual da criança. Para aprofundar um pouco as discussões a respeito dessa questão, o capítulo a seguir apresenta as concepções de Piaget, Vygotsky e outros estudiosos que mudaram o modo de compreender o desenvolvimento infantil e a sua relação com os jogos e brinquedos na atualidade.

---

1. KISHIMOTO, Tizuko Morchida (org.). *Jogo, brinquedo, brincadeira e a educação*. São Paulo: Cortez, 1996.
2. KISHIMOTO, Tizuko Morchida. *Jogos infantis: o jogo, a criança e a educação*. 7ª ed. Petrópolis: Vozes, 1993.
3. BROUGÈRE, Gilles. *Brinquedos e companhia*. São Paulo: Cortez, 2004.
4. KISHIMOTO, Tizuko Morchida (org.). *Jogo, brinquedo, brincadeira e a educação*. São Paulo, Cortez, 1996.
5. Citado em KISHIMOTO, Tizuko Morchida (org.). *Jogo, brinquedo, brincadeira e a educação*. São Paulo: Cortez, 1996.

O olhar dos estudiosos

Depois que a visão de infância mudou, e os jogos e brincadeiras passaram a ser considerados como parte dessa fase da vida, eles se tornaram também objetos de estudo, o que ampliou o conhecimento que temos a respeito do desenvolvimento infantil.

Jean Piaget

Para o biólogo Jean Piaget, a brincadeira é uma "[...] forma de expressão da conduta, dotada de características metafóricas e espontâneas, prazerosa, semelhante às do Romantismo e da biologia"[1]. Para esse estudioso, é com a brincadeira que a criança demonstra em que nível se encontram seus estágios cognitivos e qual é a melhor forma para aprender novos conceitos. Piaget ficou mundialmente conhecido por sua dedicação ao estudo das questões epistemológicas e às indagações que ele se fazia, entre elas: O que é conhecimento? Como ocorre a inteligência infantil? Qual a relação entre os objetos e o conhecimento das crianças?

Com seus estudos, Piaget buscou compreender o funcionamento do intelecto da criança e descobriu que ele se dá pela adaptação e pelo funcionamento biológico.

Segundo o teórico, a adaptação ocorre por dois mecanismos: assimilação (maneira de a criança se adaptar ao meio quando recebe estímulos novos) e a acomodação (ocorre quando a criança não consegue perceber as diferenças nos novos estímulos).

Piaget dividiu os estágios cognitivos em quatro fases:

- Estágio sensório-motor (0 a 2 anos): a criança conhece o mundo por meio da manipulação de objetos e das experiências vivenciadas;
- Estágio pré-operatório ou pré-operacional (2 a 7 anos): é esperado que ocorra o desenvolvimento da linguagem, o desenvolvimento cognitivo, afetivo e social. Destaca-se nessa fase o egocentrismo, em que a criança diz que tudo é dela, para ela, e o mundo está ao seu dispor;
- Estágio operatório concreto (7 a 12 anos): inicia-se a construção lógica;
- Estágio operatório formal (12 anos): ocorre o pensamento formal, excluindo o concreto.

Podemos perceber, assim, em todas as fases mencionadas, o quanto a interação da criança com objetos é importante para seu desenvolvimento.

Piaget concluiu seus estudos acreditando que a brincadeira e o jogo são essenciais para contribuir no processo de aprendizagem. Com sua teoria, ele entendeu que quando uma criança é exposta a uma brincadeira desconhecida, ela automaticamente entrará em conflitos. Entretanto, ao se apropriar desta atividade nova, entrando em contato com diferentes conceitos e ideias, ela assimilará e acomodará este novo conhecimento que fará diferença em seu desenvolvimento.

Lev Vygotsky

Lev Vygotsky acreditava que o aprendizado é o resultado de um processo social e que sua característica é o desenvolvimento de diferentes funções que se complementam.

De acordo com o autor, os processos de aprendizagem ocorrem durante as relações interpessoais. Vygotsky também afirma que a brincadeira é o resultado de processos sociais nos quais a criança está inserida, pois não há como desvincular a brincadeira do modo como, na infância, o indivíduo vive e pensa, nem do que ele observa. A brincadeira e o jogo são atividades sociais específicas dessa fase da vida, tempo em que a criança, usando sistemas simbólicos para entender e reconstruir a realidade, recria aquela a que está exposta. Por isso, o brinquedo, que o autor entende como o ato de brincar, tem um grande papel no desenvolvimento infantil, já que é nele que a criança aprende a agir em uma esfera cognitiva.

---

1. Citado em KISHIMOTO, Tizuko Morchida (org.). *Jogo, brinquedo, brincadeira e a educação*. São Paulo: Cortez, 1996.

Vygotsky classificou o brincar em três fases, sendo elas:

- Distanciamento do seu primeiro meio social: o primeiro meio social é representando pela mãe. Nesta fase, que dura, aproximadamente, até os 7 anos de idade, a criança começa a ganhar autonomia, falando, andando e movimentando-se para alcançar objetos que deseja. Podemos dizer que, nesse tempo, o ambiente lhe é apresentado por um adulto;
- Imitação: nesta fase, a criança copia o modelo dos adultos, brincando de faz de conta, reproduzindo, por exemplo, as ações dos pais e dos professores, querendo se vestir como um adulto, brincando de profissões conhecidas por ela e assumindo, na brincadeira, papéis de futuras mães e futuros pais;
- Regras: nesta fase, a criança aprende as regras ensinadas pelos outros na interação.

Henri Wallon

O médico neurologista e psicólogo francês Henri Wallon se dedicou muito ao estudo do psiquismo humano por meio da perspectiva genética e atribuiu ao conceito de infantil a ideia do lúdico. Ele acreditava que quando uma criança é exposta a brincadeiras e jogos, ela começa a conceber o grupo a partir das funções que ele pode realizar, o que faz essas atividades assumirem, assim, um valor educacional. Por conta disso, Wallon também valorizava os conflitos que surgiam quando se aplicava um jogo de que participavam equipes antagônicas.

O teórico considerava de grande importância a questão da motricidade no desenvolvimento da criança, porque esta estabelece, por meio do corpo, suas primeiras comunicações com o meio em que vive, o que contribui ainda para o desenvolvimento da linguagem. Para o autor, o jogo pode existir somente como uma atividade voluntária da criança, uma vez que, quando imposto, passa a ser trabalho ou ensino. Ele classifica os jogos infantis em quatro categorias:

- Jogos funcionais: caracterizados pela movimentação e exploração do corpo, sendo que a tendência da criança é repetir a ação quando se sente estimulada e agraciada com ela;
- Jogos de ficção: compostos pelo faz de conta, com a criação de situações imaginárias, nas quais a criança geralmente brinca de imitar os adultos;
- Jogos de aquisição: caracterizados pelo interesse da criança em conhecer os sons, as histórias, as canções e os gestos. Como diz Wallon, nesta fase, a criança é "toda olhos e ouvidos";
- Jogos de fabricação: atividades manuais de criar, juntar, combinar e transformar objetos. Nesta fase, a criança transforma matéria real em objetos dotados de vida fictícia.

Outro pesquisador que valoriza as brincadeiras infantis por elas favorecerem a criatividade, conduzirem para a descoberta das regras e colaborarem com a aquisição da linguagem é Bruner, conforme indicado por Kishimoto (1996). Ele acredita também que é durante uma brincadeira comum, como esconder o rosto numa fralda, que a criança vai dando significado aos gestos da mãe, passando a entender contextos e a desenvolver a linguagem oral.

Muitos estudiosos vêm se debruçando sobre o tema jogos e brincadeiras como forma de aprimorar o entendimento de como uma criança se organiza e qual sua melhor forma de aprender. Independentemente de com qual teórico nos identificamos, é importante observarmos que todos eles trazem algo em comum a todas as teorias: é por meio das atividades lúdicas que as crianças se desenvolvem, seja no aspecto cognitivo, seja na socialização, seja no raciocínio lógico. Com os jogos e as brincadeiras, os pequenos estimulam sua criatividade, a capacidade de análise e síntese, de interpretação, entre outras tantas funções que contribuem para o seu desenvolvimento global.

VAMOS MEXER O ESQUELETO?

A barata diz que tem

Objetivo
Desenvolver a expressão oral e a interação entre os alunos.

Material
Nenhum.

Espaço apropriado
Pátio ou quadra poliesportiva.

Descrição do jogo

1. Os alunos são colocados em pé, de mãos dadas, formando uma roda.

2. Enquanto rodam, os alunos cantam a seguinte canção:

A barata diz que tem
sete saias de filó.
É mentira da barata,
ela tem é uma só.
Ha! Ha! Ha!
Hó! Hó! Hó!
Ela tem é uma só! (2x)

A barata diz que tem
um sapato de veludo.
É mentira da barata,
o pé dela é peludo.
Ha! Ha! Ha!
Hó! Hó! Hó!
O pé dela é peludo! (2x)

A barata diz que tem
uma cama de marfim.
É mentira da barata,
ela tem é de capim.
Ha! Ha! Ha!
Hó! Hó! Hó!
Ela tem é de capim! (2x)

A barata diz que tem
um anel de formatura.
É mentira da barata,
ela tem é casca dura.
Ha! Ha! Ha!
Hó! Hó! Hó!
Ela tem é casca dura!

A barata sempre diz
que viaja de avião.
É mentira da barata,
ela vai é de busão.
Ha! Ha! Ha!
Hó! Hó! Hó!
Ela vai é de busão! (2x)

3. A brincadeira terminará quando os alunos perderem o interesse.

Variação

Uma das três estrofes pode ser substituída pela seguinte:

A barata diz que tem
um sapato de fivela
É mentira da barata,
o sapato é da mãe dela.
Ha! Ha! Ha!
Hó! Hó! Hó!
O sapato é da mãe dela! (2x)

Curiosidade
A música *A barata diz que tem* está entre as cantigas de roda mais conhecidas pelas crianças. Essas cantigas são passadas de geração em geração.

A BARATA DIZ QUE TEM...
A BARATA DIZ QUE TEM...
A BARATA DIZ QUE TEM..
A BARATA DIZ QUE TEM...

Adaptação – A barata diz que tem

Descrição do jogo

1. Todos os alunos devem sentar no chão, em formato de roda. Caso um deles use cadeira de rodas, os demais poderão se sentar em cadeiras.

2. Os alunos cantam enquanto realizam os movimentos indicados:

A barata diz que tem
(colocar as mãos na cabeça, fazendo as antenas com os dedos indicadores)

sete saias de filó.
(colocar as mãos na cintura)

É mentira da barata,
(fazer sinal de negativo com o dedo indicador e com a cabeça)

ela tem é uma só.
(representar o número um com o dedo indicador)

Ha! Ha! Ha!
(inclinar-se para o lado direito)

Hó! Hó! Hó!
(inclinar-se para o lado esquerdo)

Ela tem é uma só!
(representar o número um com o dedo indicador)

A barata diz que tem
(colocar as mãos na cabeça, fazendo as antenas com os dedos indicadores)

um anel de formatura.
(fazer o movimento de colocar um anel em um dos dedos anelares)

É mentira da barata,
(fazer sinal de negativo com o dedo indicador e com a cabeça)

ela tem é casca dura.
(bater com a mão fechada nas costas)

Ha! Ha! Ha!
(inclinar-se para o lado direito)

Hó! Hó! Hó!
(inclinar-se para o lado esquerdo)

Ela tem é casca dura!
(bater com a mão fechada nas costas)

A barata diz que tem
(colocar as mãos na cabeça, fazendo as antenas com os dedos indicadores)

um sapato de fivela.
(apontar para os pés)

É mentira da barata,
(fazer sinal de negativo com o dedo indicador e com a cabeça)

o sapato é da mãe dela.
(com os braços, fazer o movimento de embalar um bebê)

Ha! Ha! Ha!
(inclinar-se para o lado direito)

Hó! Hó! Hó!
(inclinar-se para o lado esquerdo)

O sapato é da mãe dela!
(com os braços, fazer o movimento de embalar um bebê)

3. A brincadeira terminará quando os alunos perderem o interesse.

Indicação de adaptação
Aluno com deficiência física.

Objetivo
Desenvolver o ritmo, estimular a socialização e ampliar a consciência corporal dos alunos.

Material
Cadeiras.

Espaço apropriado
Pátio, quadra poliesportiva ou sala de aula.

Observação
Conforme o comprometimento físico dos alunos, outros movimentos podem ser criados.

A canoa virou

Objetivo
Estimular a interação entre os alunos e o desenvolvimento da expressão oral.

Material
Nenhum.

Espaço apropriado
Pátio ou quadra poliesportiva.

Descrição do jogo

1. Todos os alunos ficam em pé, de mãos dadas, formando uma roda.

2. Os alunos rodam enquanto cantam:

   A canoa virou,
   por deixá-la virar
   Foi por causa do (nome de um aluno) que não soube remar!

   Se eu fosse um peixinho
   e soubesse nadar,
   Eu tirava o (nome do aluno escolhido)
   do fundo do mar.

3. Quando o aluno ouvir seu nome ser citado na primeira estrofe, deve se dirigir para o meio da roda. Se for na segunda estrofe, ele deverá voltar para a roda.

4. A brincadeira musical termina quando todos os alunos tiverem participado.

Curiosidade
Canoa é um tipo de embarcação muito antigo que os índios produziam cavando o interior de grandes troncos de árvores.

Adaptação – A canoa virou

Indicação de adaptação
Aluno com surdez.

Objetivo
Desenvolver o ritmo, ampliar a consciência corporal, o vocabulário e a comunicação em Libras.

Material
Nenhum.

Espaço apropriado
Pátio, sala de aula ou quadra poliesportiva.

Descrição do jogo

1. Os alunos formam uma roda, mas com as mãos soltas. Um aluno ficará fora da roda para indicar quem deve entrar e sair conforme as orientações da música.

2. Os alunos rodam em sentido horário enquanto cantam e sinalizam em Libras a música abaixo:

A canoa

virou

por deixá-la

virar.

Foi por causa do __________ (o aluno que estiver fora da roda deverá indicar um colega, usando o alfabeto manual para representar o nome dele)

que não soube remar!

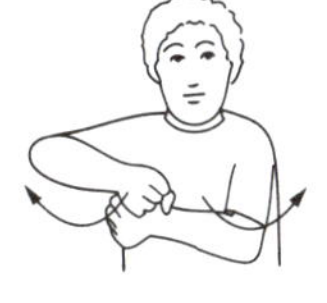

Se eu

fosse um peixinho

e soubesse

nadar,

Eu tirava o __________ (nome do aluno escolhido – fazer o nome do aluno em alfabeto manual)

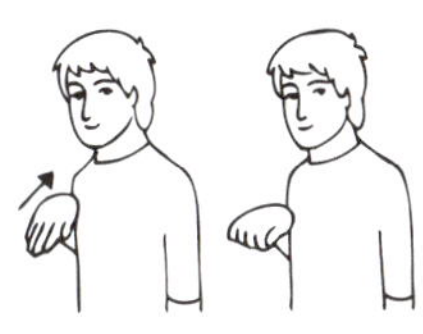

Do fundo do

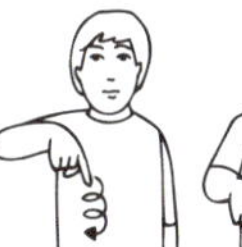

mar.

3. Quando o aluno for escolhido, deverá entrar no meio da roda na primeira estrofe, e na segunda estrofe voltará para a roda.

4. A brincadeira musical termina quando todos os alunos tiverem participado.

5. Poderá haver revezamento do aluno que está fora indicando os alunos que entrarão na roda.

A galinha do vizinho

Objetivo
Desenvolver a coordenação motora dos alunos.

Material
Nenhum.

Espaço apropriado
Pátio ou quadra poliesportiva.

Descrição do jogo

1. Os alunos se posicionam em roda, de mãos dadas, e cantam a música a seguir enquanto rodam:

A galinha do vizinho
bota ovo amarelinho.
Bota um, bota dois,
bota três, bota quatro,
bota cinco, bota seis,
bota sete, bota oito,
bota nove, bota dez!

2. Quando os alunos falarem "bota dez", todos devem se agachar e simular bater as asas.

3. Em seguida, os alunos devem cantar e rodar novamente.

4. A brincadeira continua até que os alunos percam o interesse.

Variação

Pode-se combinar com os alunos que o último a se agachar será o eliminado.

Adaptação – A galinha do vizinho

Descrição do jogo

1. Os alunos se posicionam em roda, sem dar as mãos.

2. Os alunos cantam a cantiga enquanto rodam para o lado direito e fazem os sinais em Libras:

A galinha do vizinho

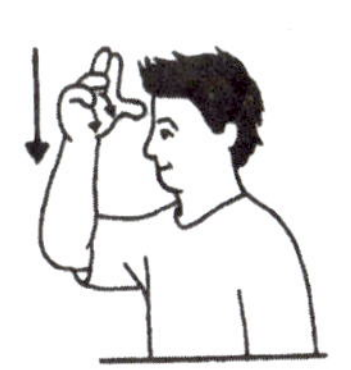

bota ovo

amarelinho.

Bota 1, 2, 3...

Indicação de adaptação
Aluno com surdez.

Objetivo
Desenvolver o ritmo, estimular a atenção e ampliar o repertório de Libras dos alunos.

Material
Cartaz com interpretação da cantiga em Libras.

Espaço apropriado
Quadra poliesportiva, parque, pátio ou qualquer espaço amplo.

3. Quando os alunos terminarem o sinal da frase: "bota dez", todos devem se agachar e simular bater as asas.

Cada vez que os alunos levantarem, deixarão de cantar a frase seguinte para interpretá-la somente em Libras.

4. A música e os movimentos devem ser iniciados novamente, porém, a primeira frase não deverá ser cantada, pois as crianças apenas farão os sinais em Libras.

5. Mesmo quando os alunos não estiverem mais cantando, mas sim interpretando a cantiga em Libras, eles não poderão sair do ritmo.

Adoleta

Objetivo
Desenvolver noções de ritmo e destreza manual dos alunos.

Material
Nenhum.

Espaço apropriado
Sala de aula, pátio ou quadra poliesportiva.

Descrição do jogo

1. Dois alunos são colocados frente a frente.

2. As crianças devem cantar:

   A-do-le-ta,
   le-pe-ti,
   pe-ti, po-lá,
   le café com chocolá,
   a-do-le-ta.
   Puxa o rabo do tatu,
   quem saiu foi tu.
   Puxa o rabo da cotia,
   quem saiu foi sua tia.
   Quando um ganha, o outro perde, não adianta disfarçar.
   E tem que ficar ligado quando a música parar.

3. As crianças ficam com a mão esquerda em cima, com a palma virada para baixo, e a mão direita embaixo, com a palma virada para cima. A mão esquerda de uma delas vai bater na mão direita da outra, e assim por diante. Esse movimento, que deve ser ritmado, vai ser repetido, mas desta vez começando com a mão direita em cima. Depois, uma criança bate as palmas das mãos nas palmas do colega. Por fim, cada um bate uma palma. As crianças devem fazer essa sequência de gestos até a música acabar.

4. A brincadeira não tem vencedor ou perdedor.

Variação
Outra forma de finalizar a brincadeira é: quando dita a frase "quem saiu foi tu", a criança que receber a batida referente à última sílaba deverá sair da brincadeira.

Curiosidade
Possivelmente, a adoleta surgiu no período em que houve a imigração francesa aqui no Brasil, a julgar pelo *le petit*, que significa "o pequeno" ou "a criança" em francês. O resto da letra se mistura com uma variante do português que simula uma pronúncia afrancesada.
O que seria adoleta? O mais próximo disso é *andouillette*, que se pronuncia "anduiéte" e significa "linguiça". A música contaria a história de uma criança sapeca (pois puxa o rabo do tatu) que não gostava de linguiça e preferia tomar café com chocolate.

Adaptação – Adoleta

Descrição do jogo

1. Os alunos se posicionam em uma roda, sentados ou em pé. Um deles é escolhido para ficar fora da roda e de olhos fechados.

2. A mão esquerda de cada um deve apoiar a mão direita do colega da esquerda, a qual deve estar com a palma virada para cima, conforme mostra a ilustração.

3. Uma criança bate na mão do colega da esquerda, que faz o mesmo movimento, passando as palmas por todos. Enquanto as crianças fazem esses movimentos, cantam a canção *Adoleta*.

4. Assim que a música parar, o aluno que está fora da roda deverá falar um número (12, por exemplo).

5. Representar em Libras a quantidade, para que o aluno com surdez possa acompanhar a quantidade de batidas.

6. Os alunos devem seguir batendo na mão do colega da direita até que se complete a quantidade de palmas indicada. O aluno que receber a décima segunda batida, nesse caso, é retirado do jogo.

7. Na próxima rodada, quem ficou fora deve integrar a roda, e outra criança é escolhida para dizer a quantidade de batidas finais.

8. A brincadeira não tem vencedor ou perdedor.

Indicação de adaptação
Aluno com surdez.

Objetivo
Desenvolver noções de ritmo e aprimorar a atenção dos alunos.

Material
Nenhum.

Espaço apropriado
Sala multiúso ou sala de aula.

Sugestão
Esta brincadeira é uma boa oportunidade de ensinar os números em Libras para todos os alunos.

Números em Libras

Número	Sinal	Número	Sinal
1		11	
2		12	
3		13	
4		14	
5		15	
6		16	
7		17	
8		18	
9		19	
10		20	

Corre cutia

Objetivo
Estimular a concentração, a agilidade e a atenção.

Material
Um lenço, um pedaço de pano ou um objeto pequeno, não muito pesado.

Espaço apropriado
Quadra poliesportiva, pátio ou a sala de aula com cadeiras afastadas.

Descrição do jogo

1. Todas as crianças devem estar sentadas no chão, formando um círculo.

2. Escolher, aleatoriamente, um aluno para ser o corredor.

3. Enquanto o corredor anda do lado de fora do círculo segurando um lenço (ou outro objeto), os alunos que estão sentados cantam:
Corre cutia na casa da tia,
Corre cipó na casa da avó.
Lencinho na mão, caiu no chão.
Moça bonita do meu coração.

4. Em seguida, devem fazer o seguinte diálogo:

   Corredor: Pode jogar?
   Todos: Pode.
   Corredor: Ninguém vai olhar?
   Todos: Não!

5. Ao dizer "Não!", os alunos da roda devem abaixar a cabeça, tampando os olhos.

6. O corredor coloca o lencinho atrás de uma criança que está sentada e continua andando.

7. Cada criança da roda deve verificar se o lenço foi deixado atrás de si, logo após a passagem do corredor.

8. O aluno que estiver com o lenço deve segurá-lo e, por fora do círculo, tentar pegar o corredor.

9. Então, começa a perseguição, enquanto o corredor tenta sentar-se no local de onde saiu a criança com o lenço.

10. A brincadeira recomeça com aquele que ficou de pé ou com o mesmo corredor, caso ele seja pego.

11. Como não há um vencedor, a brincadeira pode ser realizada até que os alunos percam o interesse.

Curiosidade
Essa brincadeira também é conhecida pelos seguintes nomes:

Lencinho na mão
Corre-coxia
Galinha-choca
Ovo podre
Ovo-choco

Adaptação – Corre cutia

Descrição do jogo

1. A turma deve ser dividida em duplas e um dos integrantes deverá estar com olhos vendados.

2. Todos devem ficar sentados no chão, formando um círculo. As duplas permanecem com as mãos dadas.

3. Escolher, aleatoriamente, uma dupla para ser a corredora.

4. Enquanto a dupla anda de mãos dadas em volta do círculo com um lenço (ou outro objeto) na mão, todos cantam:

   Corre cutia na casa da tia.
   Corre cipó na casa da vó.
   Lencinho na mão, caiu no chão.
   Moça bonita do meu do meu coração.

5. Em seguida, os alunos devem fazer o seguinte diálogo:

   Dupla Corredora:
   Podemos jogar?
   Todos: Podem.
   Dupla corredora: Ninguém vai olhar?
   Todos: Não!

6. Ao dizer "Não!", os alunos da roda devem abaixar a cabeça e os alunos que estiverem sem a venda deverão tampar os olhos.

7. O integrante da dupla corredora sem venda coloca o lencinho atrás de uma dupla que está sentada e continua andando.

Indicação de adaptação
Aluno com cegueira.

Objetivos
Desenvolver o domínio espacial, estimular o trabalho em parceria

Material
Um lenço com guizo e venda para olhos.

Espaço apropriado
Pátio ou quadra poliesportiva.

8. Cada dupla da roda deve verificar se o lenço foi deixado atrás de si logo após a passagem da dupla corredora.

9. A dupla que estiver com o lenço atrás deve levantar-se, segurar o lenço e, por fora do círculo, com as mãos dadas, tenta pegar a dupla corredora.

10. Enquanto isso a dupla corredora, de mãos dadas, tenta fugir até sentar-se no local de onde saiu a dupla com o lenço.

11. Caso a dupla seja pega antes de sentar-se, deverá ficar no centro da roda por uma rodada.

12. A brincadeira se encerra quando os alunos perderem o interesse.

Sugestão
A dupla que estiver com a criança com cegueira não precisará utilizar venda, pois o objetivo é que o parceiro seja o guia.
A cada rodada é interessante que as duplas troquem o integrante que está vendado.

Dança com cartões

Objetivo

Estimular a atenção, o ritmo e a coordenação motora dos alunos.

Material

Cartões de 20 cm x 30 cm com cores diferentes (no mínimo cinco cores), aparelho de som e músicas com ritmos diferentes.

Espaço apropriado

Pátio, quadra poliesportiva ou sala de aula.

Descrição do jogo

1. Os alunos deverão se espalhar pelo espaço.

2. Cada cartão corresponderá a um movimento ou segmento corporal, o que deverá ser combinado antes com os alunos.

3. Após fazer o combinado com os alunos, escolher uma música mais lenta para iniciar a atividade. Mostrar um cartão de cada vez. Seguindo o ritmo da música, os alunos deverão fazer o movimento correspondente.

4. Conforme o desenvolvimento do grupo, alterar a música e a velocidade da troca dos cartões. Quando os alunos já estiverem realizando bem a atividade, mostrar dois ou mais cartões ao mesmo tempo para que as crianças façam movimentos combinados.

5. A brincadeira terminará quando as crianças perderem o interesse.

Sugestão

Cartão amarelo: movimentar somente os braços.

Cartão azul: movimentar somente a cabeça.

Cartão vermelho: movimentar somente as pernas.

Cartão preto: dar voltas em torno de si mesmo.

Cartão branco: bater palmas.

Cartão verde: dar pequenos saltos.

Cartão cor-de-rosa: mexer o quadril.

Cartão com duas cores: dançar com o colega.

Adaptação – Dança com cartões

Descrição do jogo

1. Os alunos deverão se espalhar pelo espaço.

2. Cada cartão corresponderá a um movimento ou segmento corporal, o que deverá ser combinado antes com os alunos.

Sugestão

Cartão amarelo: movimentar somente os braços.

Cartão azul: movimentar somente a cabeça.

Cartão vermelho: movimentar somente as pernas.

Cartão preto: dar voltas em torno de si mesmo.

Cartão branco: bater palmas.

Cartão verde: dar pequenos saltos.

Cartão cor-de-rosa: mexer o quadril.

Cartão com duas cores: dançar com o colega.

3. Antes de iniciar a brincadeira, é importante realizar um treino com os alunos, para que eles assimilem melhor os comandos.

4. Após fazer o combinado com os alunos, escolher uma música mais lenta para iniciar a atividade. Mostrar um cartão de cada vez. Seguindo o ritmo da música, as crianças deverão fazer o movimento correspondente.

Indicação de adaptação

Aluno com cegueira.

Objetivo

Aprimorar a coordenação motora, ampliar o equilíbrio e estimular o ritmo dos alunos.

Material

Cartões de 20 cm x 30 cm com cores diferentes (no mínimo cinco cores), aparelho de som e músicas com ritmos diferentes.

Espaço apropriado

Pátio, quadra poliesportiva ou sala de aula.

5. Ao ver o cartão, os alunos deverão dizer qual é o comando correspondente para que o aluno com cegueira também possa se movimentar conforme a indicação. Quando virem o cartão amarelo, por exemplo, os alunos deverão falar: "mexer só os braços" e, em seguida, realizar o comando.

6. Conforme condições e interesse do grupo, alterar a música e a velocidade da troca dos cartões. Quando os alunos já estiverem realizando bem a atividade, mostrar dois ou mais cartões ao mesmo tempo, para que as crianças façam movimentos combinados.

7. É necessário que os movimentos sejam feitos sempre de acordo com o ritmo da música.

8. A brincadeira terminará quando os participantes perderem o interesse.

Escravos de Jó

Objetivo
Desenvolver a atenção auditiva e espacial dos alunos.

Material
Bexigas.

Espaço apropriado
Pátio ou sala de aula.

Descrição do jogo

1. Os alunos se sentam em roda no chão.
2. Cada aluno deverá segurar uma bexiga.
3. Enquanto os alunos cantam a música, cada criança passa a bexiga para o colega ao lado, fazendo os movimentos conforme a letra da música:

Escravos de Jó
jogavam caxangá.
(passar para o colega ao lado a bexiga que tem no colo)

Tira,
(levantar a bexiga)

põe,
(pôr a bexiga à frente do corpo, no chão)

deixa ficar.
(apontar para a bexiga que deve estar no chão e balançar a mão)

Guerreiros com guerreiros
fazem zigue,
(passar a bexiga para o colega ao lado)

zigue,
(voltar a bexiga para à frente do corpo)

zá.
(passar a bexiga para o colega)

4. Na primeira rodada, a letra é cantada normalmente.
5. Na segunda rodada, a letra é substituída por "lálálá".
6. Na terceira rodada, as crianças fazem todos os movimentos da brincadeira, porém sem cantar a música.
7. Aquele que errar o movimento sai da brincadeira.
8. A brincadeira finaliza quando sobrar somente um jogador.

Versões para a música

Escravos de Jó (versão Zé Pereira)
Escravos de Jó
jogavam caxangá.
Tira, bota, deixa
o Zé Pereira ficar.
Guerreiros com guerreiros
fazem zigue, zigue, zá.
Guerreiros com guerreiros
fazem zigue, zigue, zá.

Escravos de Jó (versão Zambelê)
Escravos de Jó
jogavam caxangá.
Tira, bota, deixa
o Zambelê ficar.
Guerreiros com guerreiros
fazem zigue, zigue, zá.
Guerreiros com guerreiros
fazem zigue, zigue, zá.

Escravos de Jó (versão Cão Guerreiro, comum no Pará)
Escravos de Jó
jogavam caxangá.
Tira, bota, deixa o Cão
Guerreiro entrar.
Guerreiros com guerreiros
fazem zigue, zigue, zá.
Guerreiros com guerreiros
fazem zigue, zigue, zá.

Curiosidade
Para alguns, o Jó citado na cantiga pode ser o personagem bíblico que, posto à prova por Deus, perdeu tudo o que possuía (inclusive seus empregados, os escravos), menos a fé. Caxangá não é um jogo, mas uma árvore ou um gorro de marinheiros. A palavra veio provavelmente do tupi caá-çangá, que significa mata extensa.

Variação
Sugerimos brincar com bexigas, mas a brincadeira pode ser realizada com caixas de fósforo, bolas pequenas, copos de iogurte enfeitados ou com um boneco feito de materiais reutilizáveis.

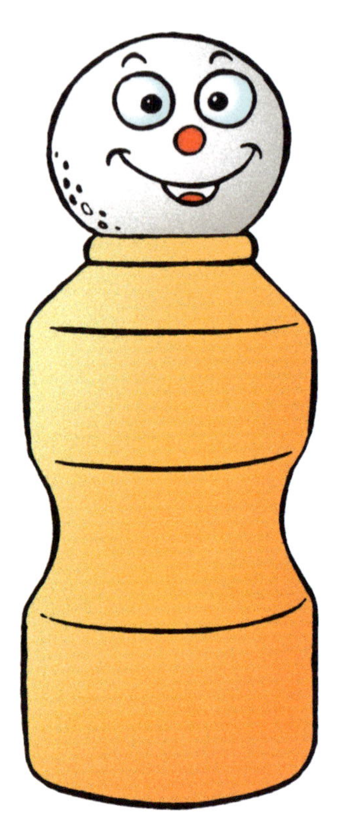

Adaptação – Escravos de Jó

Indicação de adaptação
Aluno com cegueira.

Objetivo
Desenvolver a atenção auditiva e espacial e ampliar a consciência corporal dos alunos.

Material
Nenhum.

Espaço apropriado
Sala de aula ou pátio (desde que não haja obstáculos no lugar).

Descrição do jogo

1. Os alunos formam uma roda, virados de lado, de modo que fiquem com a perna esquerda voltada para o centro da roda e a direita para fora.

2. Os alunos devem segurar na cintura do colega que estiver na sua frente.

3. O jogo musical será feito com o próprio corpo. Sendo assim, é importante realizar a atividade por etapas.

4. Primeiro, todos devem aprender a música. Depois, ensaiar a coreografia. Enquanto os alunos cantam a música, eles fazem os movimentos conforme a letra:

Escravos de Jó
jogavam caxangá.
(caminhar para a frente, conforme o ritmo da cantiga)

Tira,
(parar de andar e tirar a mão da cintura do colega)

põe,
(ainda parado, colocar novamente a mão na cintura do colega)

deixa ficar,
(permanecer com a mão na cintura do colega)

Guerreiros com guerreiros
fazem zigue,
(dar um pequeno pulo para frente)

zigue,
(dar novamente um pequeno pulo para a frente)

zá.
(dar um pequeno pulo para trás)

5. A sequência será repetida seis vezes, e a música deverá ser cantada por todo o grupo. Cada vez que for cantada, o ritmo deverá ser mais acelerado.

6. O desafio é coletivo. Sendo assim, todos precisam se ajudar para obter o êxito. Trata-se de uma atividade que pode ser caracterizada como uma adaptação cooperativa, e ninguém é eliminado.

7. A brincadeira terminará quando as crianças perderem o interesse.

Variação
A coreografia pode ser modificada se o grupo demonstrar avanços na habilidade motora.
A nova coreografia pode ser montada com sugestões dos próprios alunos.

Adaptação
É importante ressaltar que, para demonstrar movimentos para um aluno com cegueira, serão necessárias estratégias a fim de que o movimento seja percebido. Ele poderá colocar a mão no corpo, principalmente nas articulações responsáveis pelo movimento, tais como joelho, cotovelo e ombro, enquanto o movimento é realizado.

Outra sugestão é solicitar que o aluno com cegueira realize o movimento e o professor indique com um leve toque qual segmento corporal deve ser movimentado. Um exemplo dessa adaptação seria tocar o joelho por trás quando for preciso flexioná-lo.

Jogo do contrário

Objetivo
Estimular a atenção dos alunos e trabalhar o tema "antônimos".

Material
Nenhum.

Espaço apropriado
Sala de aula, pátio, quadra poliesportiva.

Descrição do jogo

1. Posicionar-se diante dos alunos, que, a princípio, podem estar sentados.

2. Ao ouvir os comandos, os alunos deverão realizar o contrário do que for solicitado, como mostram os exemplos a seguir:
   Todos em pé – Os alunos se sentam.
   Todos devem ficar em silêncio – Os alunos fazem algazarra.
   Todos devem chorar – Os alunos começam a rir.
   Todos devem abaixar as mãos – Os alunos levantam as mãos.
   Todos devem se mexer muito – Os alunos ficam imóveis.
   Todos devem andar em linha reta – Os alunos andam em círculos.
   Todos estão com calor – Os alunos fingem sentir frio.

3. O aluno que realizar a tarefa indicada, e não o contrário dela, será retirado da brincadeira.

4. Aquele que permanecer até o final da brincadeira sem errar será o próximo a dar os comandos.

5. A brincadeira pode repetir-se até os alunos perderem o interesse.

Adaptação – Jogo do contrário

Indicação de adaptação

Aluno com deficiência intelectual.

Objetivo

Estimular a atenção e trabalhar o tema "antônimos".

Material

Cartazes.

Espaço apropriado

Sala de aula, pátio, quadra poliesportiva.

Descrição do jogo:

1. Confeccionar cartazes com figuras que demonstrem pessoas realizando atividades diversas, como sorrir, caminhar, saltar, etc.
2. Dividir os alunos em duplas, em pé.
3. Combinar com os alunos que, ao ouvirem a palavra "antônimo", deverão olhar para o cartaz e realizar uma atividade contrária àquela que estiver representada.

Variação

A atividade pode ser realizada em cartazes, apenas com orientações verbais.

Dica

É importante trabalhar com os alunos os conceitos de antônimo e sinônimo antes de realizar a atividade. Para facilitar, em uma primeira etapa, desenvolver a atividade de maneira que realizem exatamente o comando. Só depois de perceber que os alunos com deficiência intelectual estão conseguindo realizar a atividade, mudar para os antônimos.

As duplas devem ser formuladas não por afinidades, mas de maneira que propiciem o melhor aproveitamento dos alunos. Essa é uma boa oportunidade de separar os alunos que sempre ficam juntos e estimular novos vínculos de amizade.

Meu pintinho amarelinho

Objetivo
Favorecer a interação entre os alunos.

Material
Nenhum.

Espaço apropriado
Pátio ou quadra poliesportiva.

Descrição do jogo

1. Os alunos formam uma roda, sem dar as mãos, e cantam enquanto fazem os movimentos:

Meu pintinho amarelinho
(simular bater as asas)

cabe aqui na minha mão,
(apontar para a palma da mão)

na minha mão.
(apontar para a palma da mão)

Quando quer comer bichinhos,
(com as mãos, simular o movimento de levar algo à boca)

com seus pezinhos
(apontar para os pés)

ele cisca o chão.
(simular ciscar)

Ele bate as asas,
(simular bater as asas)

ele faz piu-piu,
(formar um bico com as mãos diante da boca)

mas tem muito medo é do gavião.
(abrir os braços e simular o gavião)

2. A brincadeira terminará quando os alunos perderem o interesse.

Variação

Outros movimentos podem ser criados pelos alunos. O professor pode inserir gradativamente mais movimentos coreográficos.

Adaptação – Meu pintinho amarelinho

Indicação de adaptação

Aluno com deficiência intelectual.

Objetivo

Desenvolver o ritmo, estimular o trabalho em equipe e ampliar a consciência corporal dos alunos.

Material

Papel sulfite, cartolina, lápis de cor e canetinhas coloridas.

Confecção do material

Com a ajuda dos alunos, desenhar no papel sulfite ou na cartolina um pintinho e, usando as canetinhas ou os lápis de cor, colori-lo de amarelo. Fazer em outras folhas de papel ou outras cartolinas o desenho de minhocas, que representarão os "bichinhos" mencionados na canção.

Espaço apropriado

Pátio, quadra poliesportiva ou sala multiúso.

Descrição do jogo:

1. Os alunos formam uma roda, sem dar as mãos, e cantam enquanto fazem os movimentos e selecionam as figuras que ilustram as passagens da música:

Meu pintinho amarelinho
(pegar o desenho do pintinho)

cabe aqui na minha mão,
(bater o desenho na palma da mão)

na minha mão.
(bater o desenho na palma da mão)

Quando quer comer bichinhos,
(pegar o desenho do bichinho)

com seus pezinhos
(apontar para os pés)

ele cisca o chão.
(simular ciscar)

Ele bate as asas,
(fechar e abrir a folha ou a cartolina, de modo a simular o bater das asas)

ele faz piu-piu,
(com as mãos, formar um bico diante do pintinho)

mas tem muito medo é do gavião.
(abrir os braços e simular o gavião)

2. A brincadeira terminará quando os alunos perderem o interesse.

Sugestão

O professor também pode, se preferir, usar bichos de pelúcia para encenar as personagens nas passagens da música ou, ainda, utilizar materiais recicláveis (como garrafas PET ou tubos de papelão) para, com a ajuda das crianças, fazer a confecção dos animaizinhos presentes na canção.

O cravo brigou com a rosa

Objetivo
Estimular a interação entre os alunos.

Material
Nenhum.

Espaço apropriado
Quadra poliesportiva ou pátio.

Descrição do jogo

1. Todos os alunos devem estar em pé, de mãos dadas, formando uma roda.

2. Dois alunos ficam no centro da roda e encenam as palavras da cantiga.

3. Os demais rodam de mãos dadas enquanto cantam:

   O cravo brigou com a rosa
   debaixo de uma sacada.
   O cravo saiu ferido,
   e a rosa, despedaçada.

   O cravo ficou doente,
   a rosa foi visitar.
   O cravo teve um desmaio,
   e a rosa pôs-se a chorar.

4. A brincadeira terminará quando os alunos perderem o interesse ou todos já tiverem ido ao centro da roda.

Variação

Outra versão da cantiga:

O cravo encontrou a rosa
debaixo de uma sacada.
O cravo ficou feliz,
e a rosa ficou encantada.

O cravo ficou doente,
a rosa foi visitar.
O cravo teve um desmaio,
e a rosa pôs-se a chorar.

Adaptação – O cravo brigou com a rosa

Descrição do jogo:

1. Todos os alunos devem estar em pé, de mãos dadas, formando uma roda.

2. Dois alunos ficam no centro da roda.

3. Os alunos que estiverem dentro da roda devem pegar as placas correspondentes a cada trecho da história narrada na cantiga.

4. Os alunos rodam em sentido horário enquanto cantam a música *O cravo brigou com a rosa*.

5. A brincadeira terminará quando os alunos perderem o interesse ou todos já tiverem ido ao centro da roda.

Indicação de adaptação
Aluno com deficiência intelectual.

Objetivo
Aprimorar a coordenação motora, ampliar a orientação espacial e estimular a integração entre os alunos.

Material
Placas com as ilustrações da cantiga.

Espaço apropriado
Quadra poliesportiva, pátio ou sala multiúso.

Pirulito que bate, bate

Objetivo
Trabalhar o esquema corporal dos alunos.

Material
Nenhum.

Espaço apropriado
Pátio, quadra poliesportiva ou sala de aula.

Descrição do jogo

1. Os alunos se posicionam em pé, em duplas, de modo que um fique de frente para o outro.

2. As crianças devem cantar a música a seguir, enquanto fazem a sequência indicada:

Pirulito que bate, bate.
Pirulito que já bateu.
Quem gosta de mim é ela,
e quem gosta dela sou eu!
(bater a mão direita na mão esquerda do parceiro, bater palma uma vez, bater a mão esquerda na mão direita do parceiro, bater palma uma vez, e assim por diante)

Pirulito que bate, bate.
Pirulito que já bateu.
Que importa você que eu
bata se eu bato no que é meu.
(bater palmas três vezes, bater três vezes nas mãos do parceiro e bater mais três vezes nas próprias coxas)

Eu passei por uma porta,
um cachorro me mordeu.
Não foi nada, não foi nada,
quem sentiu a dor fui eu!
(fazer o mesmo movimento da primeira estrofe)

3. A brincadeira terminará quando os alunos perderem o interesse.

Adaptação – Pirulito que bate, bate

Indicação de adaptação
Aluno com surdez.

Objetivo
Desenvolver o ritmo, aprimorar a coordenação motora e ampliar o repertório de Libras dos alunos.

Material
Nenhum.

Espaço apropriado
Pátio, quadra poliesportiva ou sala de aula.

Descrição do jogo

1. Os alunos se posicionam de pé, em roda.

2. A partir de um sinal predeterminado, começam juntos a cantar a música, ao mesmo tempo que a sinalizam em Libras.

Pirulito que bate, bate.

Pirulito que já bateu.

Quem gosta de mim é ela,

quem gosta dela sou eu!

3. A partir de um sinal predeterminado, começam juntos a cantar a música, ao mesmo tempo que a sinalizam em Libras.

Variação
A atividade pode ser realizada em grupos menores ou mesmo em duplas.

Curiosidade
As cantigas populares têm sido presentes nas brincadeiras das crianças brasileiras durante várias gerações. Estão quase sempre relacionadas à cultura, e podem ter algumas variações nas letras dependendo da região.
Por trabalharem ritmo, coreografia, rimas e melodia, elas ajudam as crianças a desenvolver a capacidade de memorização e imaginação. Na cantiga *Pirulito que bate, bate*, por exemplo, a repetição estimula a criança a associar a palavra ao movimento da coreografia, trabalhando a coordenação motora, a memória e o ritmo.

Roda, Roda

Objetivo
Desenvolver a coordenação motora dos alunos.

Material
Venda para os olhos e uma bola.

Espaço apropriado
Pátio ou quadra poliesportiva.

Descrição do jogo

1. Os alunos se posicionam em círculo, de mãos dadas. Um deles fica no centro da roda, vendado e segurando uma bola.

2. Os alunos do círculo cantam uma música enquanto rodam:

   Palma, palma, palma!
   Pé, pé, pé!
   Roda, roda, roda!
   Caranguejo peixe é.

   Caranguejo não é peixe.
   Caranguejo peixe é.
   Caranguejo só é peixe na enchente da maré.

   Ora, palma, palma, palma!
   Ora, pé, pé, pé!
   Ora, roda, roda, roda!
   Caranguejo peixe é!

3. Assim que termina a música, os alunos param de rodar.

4. Então, o aluno vendado lança a bola com o objetivo de atingir os pés de algum colega.

5. Se a bola acertar ao menos um dos pés de algum aluno, este deverá ir para o centro da roda.

6. Se a bola não encostar no pé de ninguém, a cantiga recomeça, e o aluno continua no centro da roda até que atinja algum colega.

7. É proibido se mover depois que a música acabar.

8. A brincadeira terminará assim que todos tiverem participado.

Variação

A bola poderá ser jogada de várias formas, mas é importante orientar os alunos para jogá-la de maneira que não machuque os demais.

Outras formas de arremessar a bola:

- em forma de parábola;
- quicando uma vez no chão para chegar às mãos do colega;
- rolando-a no chão;
- chutando, etc.

Adaptação – Roda, Roda

Descrição do jogo

1. Os alunos se posicionam em círculo, de mãos dadas. Um deles fica no centro da roda, vendado e segurando uma bola com guizo.

2. Os alunos do círculo, enquanto rodam, cantam a música *Caranguejo peixe é*.

3. Assim que terminar a música, os alunos param de rodar.

4. Então, o aluno vendado lança a bola com o objetivo de atingir os pés de algum colega.

5. Se a bola acertar ao menos um dos pés de algum aluno, este deverá ir para o centro da roda.

6. Se a bola não acertar ninguém, a cantiga recomeça e o aluno continua no centro da roda até que atinja algum colega.

7. É proibido se mover depois que a música acabar.

8. A brincadeira terminará assim que todos tiverem participado.

Indicação de adaptação
Aluno com cegueira.

Objetivo
Aprimorar a coordenação motora, desenvolver a velocidade e agilidade, além de estimular o trabalho em grupo.

Material
Bola com guizo.

Espaço apropriado
Quadra poliesportiva ou pátio.

Sugestão
Podem ser utilizadas outras músicas para os alunos acompanharem enquanto rodam.

Seu Lobo

Objetivo
Desenvolver a agilidade, a concentração e a atenção dos alunos.

Material
Nenhum.

Espaço apropriado
Pátio ou quadra poliesportiva.

Descrição do jogo

1. As crianças formam uma roda, e uma delas fica no meio (será o Lobo Mau).

2. As crianças da roda vão girando de mãos dadas e estabelecem o seguinte diálogo com o Lobo Mau, cantarolando:

Crianças da roda:
– Nós vamos passear no bosque enquanto o seu Lobo não vem. Seu Lobo está pronto?
Lobo Mau:
– Estou tomando banho.
Crianças da roda:
– Nós vamos passear no bosque enquanto o seu Lobo não vem. Seu Lobo está pronto?
Lobo Mau:
– Estou vestindo a roupa.
Crianças da roda:
– Nós vamos passear no bosque enquanto o seu Lobo não vem. Seu Lobo está pronto?
Lobo Mau:
– Estou calçando os sapatos...

3. A brincadeira segue até que o Lobo Mau responda:
– Estou pronto!

4. Então, todos os alunos da roda devem sair correndo, e o Lobo Mau tenta pegar algum dos participantes.

5. Quem é pego vira o novo Lobo e fica no meio da roda, e a brincadeira recomeça.

6. A brincadeira terminará quando todos já tiverem sido o Lobo Mau.

Curiosidade
O Lobo Mau é um personagem criado séculos atrás. Ele aparece em alguns contos infantis, como *Os três porquinhos*, *Pedro e o lobo* e *Chapeuzinho Vermelho*. Essas histórias têm origem na Europa, lugar em que o lobo é bastante comum e temido por atacar outros animais e até pessoas.

O lobo é um animal da família do cão e pesa em média 40 quilos. Uma das espécies desse animal é o lobo-guará. Ameaçado de extinção, ele é típico da fauna brasileira, mas também vive em outros países sul-americanos, como Bolívia, Uruguai e Paraguai.

Adaptação – Seu Lobo

Indicação de adaptação
Aluno com surdez.

Objetivo
Desenvolver o domínio espacial e estimular a agilidade e a atenção dos alunos.

Material
Bandeirinha sinalizadora.

Espaço apropriado
Pátio ou quadra poliesportiva.

Descrição do jogo

1. Definir um aluno que ficará no centro da roda (ele será o Lobo Mau).
2. Os demais alunos devem formar uma roda ao redor dele e cantarolar, fazendo mímicas: "Nós vamos passear no bosque enquanto o seu Lobo não vem".
3. Então, as crianças param de rodar, apontam para o Lobo Mau e perguntam, também gesticulando: "Seu Lobo está pronto?".
4. O Lobo Mau responde fazendo a mímica correspondente: "Estou tomando banho".
5. As ações se repetem, e o Lobo Mau vai se preparando, vestindo a roupa, calçando os sapatos...
6. Quando o Lobo Mau estiver pronto, deverá fazer um gesto positivo e levantar a bandeirinha sinalizadora.
7. Depois que todos saem correndo, o Lobo Mau solta a bandeirinha e tenta pegar algum dos participantes.
8. Quem for pego virará o novo Lobo Mau e irá para o meio da roda.
9. A brincadeira terminará quando todos já tiverem sido o Lobo Mau.

É HORA DE MONTAR OS TIMES!

A rã e os gafanhotos

Objetivo
Estimular a coordenação motora e o equilíbrio dos alunos.

Material
Giz.

Espaço apropriado
Pátio ou quadra poliesportiva.

Descrição do jogo

1. Com o giz, desenhar no chão círculos grandes, nos quais caibam dez alunos, sem que estes fiquem muito perto uns dos outros.
2. Um dos alunos de cada círculo será sorteado para ser a rã. Ele terá que se deslocar para a equipe adversária e pular agachado, simulando o movimento do animal.
3. Os demais alunos serão os gafanhotos e irão se locomover pulando com os dois pés juntos, de forma que o aluno-rã não encoste neles.
4. Quando o aluno-rã encostar a mão em um aluno-gafanhoto, este se tornará uma rã também e ajudará a pegar os outros alunos-gafanhotos.
5. A brincadeira terminará quando se esgotar o tempo predeterminado.
6. A equipe vencedora será aquela que tiver o maior número de gafanhotos.

Curiosidade
A rã é um anfíbio que se alimenta de pequenos insetos, é carnívora e respira pela pele. Algumas espécies são venenosas, e esse animal consegue pular até 2 metros de distância.

O gafanhoto é um inseto que se alimenta de plantas e se comunica com os demais esfregando as patas traseiras, o que faz um som bem característico da espécie. Seu salto pode alcançar grandes alturas devido à força de suas patas traseiras.

Adaptação – A rã e os gafanhotos

Descrição do jogo

1. Com o giz, desenhar círculos grandes no chão, nos quais caibam dez alunos, sem que estes fiquem muito perto uns dos outros.

2. Um dos alunos de cada círculo será sorteado para ser a rã. Ele terá que se deslocar para a equipe adversária, arrastando-se pelo chão.

3. Os demais alunos serão os gafanhotos e deverão se locomover sentados.

4. Quando o aluno-rã encostar a mão em um aluno-gafanhoto, este se torna uma rã também e ajuda a pegar os outros alunos-gafanhotos.

5. A brincadeira terminará quando se esgotar o tempo predeterminado.

6. A equipe vencedora será aquela que tiver o maior número de gafanhotos.

Indicação de adaptação
Aluno com deficiência física.

Objetivo
Ampliar coordenação motora e estimular o equilíbrio e a velocidade dos alunos.

Material
Giz.

Espaço apropriado
Pátio ou quadra poliesportiva.

Observação
Todos os alunos realizarão o mesmo tipo de movimentação, beneficiando assim o aluno com mobilidade reduzida.
O jogo também pode, nessa versão, ser chamado de "Cobra e caranguejo", por causa da maneira como é feita a movimentação.
A forma de se mover pode ser alterada conforme os movimentos que o aluno com deficiência consegue realizar com segurança.
Algumas crianças cadeirantes não devem ser manipuladas nem retiradas da cadeira de rodas. É importante verificar essa questão com a família ou com o terapeuta do aluno assim que ele for matriculado na instituição de ensino.

Arranca-rabo

Objetivo
Estimular a agilidade, o espírito de equipe e a coordenação motora dos alunos.

Material
Tiras de papel crepom ou de pano.

Espaço apropriado
Quadra poliesportiva ou local amplo.

Descrição do jogo

1. Dividir os alunos em duas equipes. Os integrantes de um dos times penduram um pedaço de fita na parte de trás das calças ou das bermudas (eles serão os fugitivos).
2. Os demais alunos, sem a fita, serão os pegadores.
3. Ao ouvirem o sinal predeterminado, os fugitivos deverão correr tentando impedir que os integrantes do time adversário peguem suas fitas.
4. Quando todos os rabos forem retirados, as equipes deverão inverter os papéis; quem era pegador vira fugitivo e vice-versa.
5. A equipe vencedora será a que levar menos tempo para executar a tarefa.

Curiosidade
Arranca-rabo designa uma briga, discussão, e remonta aos guerreiros da antiguidade, que cortavam a cauda dos cavalos dos inimigos, como um troféu de batalha. O primeiro registro dessa prática é de um oficial do exército do faraó Tutmés III (1504 a 1450 a.C.). Nos escritos, esse militar se vangloriava de ter decepado a cauda do cavalo do rei adversário.

Adaptação – Arranca-rabo

Descrição do jogo

1. Dividir o grupo para formar duplas.

2. Um integrante da dupla deverá sentar-se na cadeira, e o outro ficará em pé.

3. Para cada dupla será entregue uma tira de tecido (um rabo), que deverá ser fixada atrás da cadeira, no assento ou no encosto, dependendo do modelo, ou mesmo disposta em alguma parte do corpo do aluno, desde que não caia no chão.

4. O integrante que ficar em pé terá a função de cuidar da fita da dupla, assim como obter outras fitas.

5. Ao ouvir o sinal predeterminado, quem estiver em pé deverá correr tentando pegar quantas fitas conseguir, mas, ao mesmo tempo, precisará impedir que os representantes das outras duplas arranquem a do seu parceiro, que continua sentado.

6. A própria fita vale seis pontos, e a dos adversários tem o valor de dois pontos cada uma; ao término do tempo estipulado, todos deverão contar a quantidade de pontos.

7. Ganhará a brincadeira quem fizer mais pontos.

Indicação de adaptação
Aluno com deficiência física.

Objetivo
Estimular entre os alunos a velocidade de reação e fazê-los valorizar o trabalho em dupla.

Material
Tiras de papel crepom ou de pano e cadeiras.

Espaço apropriado
Quadra poliesportiva ou local amplo.

Variação

Para dinamizar o jogo, pode-se alterar a quantidade de pontos, valorizando a obtenção das fitas dos alunos da equipe adversária (por exemplo, cada fita obtida poderá valer três pontos).
Este jogo pode ser feito com uma criança sentada no chão, em vez de sentada na cadeira, e a outra em pé.

Sugestão
É importante criar um ambiente muito colorido; os rabos presos nas cadeiras de rodas devem ser cada um de uma cor diferente.
Além disso, se os rabos forem feitos de tecido, terão maior durabilidade.
Também é interessante usar fitas largas de cetim que possuem cores bem chamativas.

16. Atravessando a barreira

Objetivo
Aprimorar a coordenação motora dos alunos.

Material
Dois bastões longos.

Confecção do Material
Serrar cabos de vassoura de 60 a 80 centímetros de comprimento. Em seguida, lixar os cabos e pintá-los com tinta a óleo. Os alunos poderão participar da montagem final do bastão.

Espaço apropriado
Pátio ou quadra poliesportiva.

Descrição do jogo

1. Dividir os alunos em duas equipes, que devem se posicionar em duas fileiras.
2. Os dois primeiros alunos de cada equipe devem segurar cada uma das pontas do bastão diante da sua fileira.
3. Os companheiros da equipe devem saltar por cima do bastão com os dois pés.
4. Assim que todos os alunos concluírem a tarefa, o bastão deverá ser erguido mais alguns centímetros. Aqueles que não conseguirem saltar serão desclassificados.
5. Vencerá a equipe que permanecer com o maior número de participantes.

Para refletir
Quando um aluno se depara com uma atividade desafiadora, como a proposta nesta brincadeira, ele tem a oportunidade de aprender mais sobre si mesmo e sobre o que há à sua volta. Piaget chama essa oportunidade de tomada de consciência, quando o sujeito entra em contato tanto com seus próprios recursos e limites quanto com os objetos ao seu redor, entendendo mais sobre o seu próprio corpo. Essa consciência vai sendo adquirida aos poucos. Nenhuma atividade, por melhor e mais complexa que ela seja, é capaz de criá-la por completo nas crianças. Cada atividade proposta vai agregando experiências diferentes para os alunos, de modo que, com o tempo, eles possam cada vez mais ter consciência sobre seu próprio corpo.

Adaptação – Atravessando a barreira

Descrição do jogo

1. Dividir os alunos em duas equipes, que devem se posicionar em duas fileiras.

2. Os dois primeiros alunos de cada equipe devem segurar cada uma das pontas da corda diante da sua fileira.

3. Os dois alunos que estiverem segurando a corda devem mantê-la firme enquanto os colegas passam sob ela, sem tocá-la.

4. Assim que todos os alunos concluírem a tarefa, a corda deverá ser abaixada alguns centímetros. Aqueles que tocarem a corda ao passar serão desclassificados.

5. Vencerá a equipe que permanecer com o maior número de participantes.

Indicação de adaptação
Aluno com deficiência intelectual.

Objetivo
Aprimorar a coordenação motora e desenvolver a agilidade dos alunos.

Material
Cordas elásticas (de 60 centímetros em média) com um nó em cada ponta.

Confecção do Material
Cortar a cintura de duas meias-calças finas e delas separar três pernas para fazer um elástico. Prender as pernas com um único nó em uma das extremidades. Em seguida, amarrar as pernas das meias de modo que elas formem uma trança, que deve ser presa por um nó para não se desfazer.

Espaço apropriado
Pátio ou quadra poliesportiva.

Barra-manteiga

Objetivo
Estimular a orientação espacial, a agilidade e a atenção dos alunos.

Material
Giz.

Espaço apropriado
Quadra poliesportiva, pátio ou sala de aula com carteiras afastadas.

Descrição do jogo

1. São traçadas no chão duas linhas paralelas, a uma distância de mais de 10 metros. Atrás das linhas, ficam dois grupos de alunos dispostos lado a lado, uma equipe de frente para a outra.

2. Um dos componentes do grupo A deve deixar a sua fileira e ir em direção ao grupo B, cujos integrantes devem estar com uma das mãos estendidas com a palma para cima e ter os pés posicionados para uma possível corrida.

3. Ao chegar, a criança do grupo A bate levemente na palma da mão de um integrante do grupo B.

4. Então, a criança do grupo A corre de volta para junto do seu grupo, tentando fugir do integrante do grupo B, que tentará alcançá-lo.

5. Se cruzar sua própria linha sem ser tocado, o desafiante do grupo A estará salvo.

6. Se for alcançado, o aluno do grupo A deve passar para o grupo B.

7. A brincadeira continua com a vez do integrante do grupo B, que desafiará alguém do grupo A.

8. Vencerá o jogo o grupo que, ao término do tempo predeterminado, tiver capturado o maior número de prisioneiros.

Variação

Em algumas regiões, o desafiante, enquanto passa as mãos nas palmas dos demais alunos, declama: "Barra--manteiga, na fuça da nega" (repete quantas vezes quiser) e, de repente, diz: "Minha mãe mandou bater nessa daqui". Nesse momento, o desafiante bate na mão de algum colega e começa a correr para não ser pego.

Uma versão mais atual da música:

Barra-manteiga,
meu povo tem negro,
tem branco, tem índio,
tem japonês,
1, 2, 3.

Curiosidade
Esta brincadeira foi difundida no período em que o Brasil ainda era um país escravocrata. Sendo assim, a versão antiga da música "Barra-manteiga, na fuça da nega" deve ser evitada porque pode remeter ao preconceito existente naquele tempo.

Adaptação – Barra-manteiga

Descrição do jogo

1. Todas as crianças sentam no chão.

2. Determinar com o grupo a forma de deslocamento que será utilizada para a realização da brincadeira, pode ser rastejando, engatinhando, entre outras.

3. Um dos componentes do grupo A deve deixar a sua fileira e ir em direção ao grupo B, cujos integrantes devem estar com uma das mãos estendidas com a palma para cima.

4. Depois de bater levemente na mão de um dos colegas, o integrante do grupo A volta para junto do seu grupo o mais depressa possível, evitando ser pego pelo integrante do grupo B.

5. Se cruzar sua própria linha sem ser tocado, o desafiante do grupo A estará salvo.

6. Se for alcançado, o aluno do grupo A deverá passar para o grupo B.

7. A brincadeira continua com a vez do integrante do grupo B, que desafiará o grupo A.

8. Vencerá o jogo o grupo que, ao término do tempo predeterminado, tiver capturado o maior número de prisioneiros.

Indicação de adaptação
Aluno com deficiência física.

Objetivo
Desenvolver a orientação espacial e estimular a agilidade dos alunos.

Material
Giz.

Espaço apropriado
Sala de aula ou pátio (é importante que não haja obstáculos no espaço em que a atividade será desenvolvida).

Observação
A forma de deslocamento deve favorecer a participação da criança com deficiência física, o que estimulará também a criatividade, a consciência corporal e a integração de todos.

Sugestão
O local onde for feita a brincadeira pode ser forrado com colchonetes, e a distância entre os grupos pode ser menor para evitar que as crianças se desloquem tanto.
É importante ao final da brincadeira refletir com os alunos a respeito da diminuição de preconceitos, valorizando as diferenças e a inclusão de colegas com deficiências.

18. Basquete sabonete

Objetivo
Desenvolver a coordenação motora e estimular entre os alunos o trabalho em equipe.

Material
Apito, sabonete e baldes com água.

Espaço apropriado
Quadra poliesportiva.

Descrição do jogo

1. Formar duas equipes de dez jogadores; cada uma deverá escolher o capitão.
2. Os baldes servirão como cesta e deverão ser colocados ao fundo da quadra (um de cada lado).
3. Os capitães tirarão par ou ímpar, e a equipe representada pelo vencedor iniciará o jogo no centro da quadra e terá a posse do sabonete.
4. Ao ouvir o apito, a equipe deverá trocar passes manuais e, arremessando o sabonete, fazer a cesta no balde adversário.
5. Cada cesta vale dois pontos.
6. A equipe adversária deverá atrapalhar a troca de passes e tentar obter o sabonete.
7. Sempre que for marcada uma cesta, o jogo reiniciará no centro da quadra.
8. Ganhará a partida a equipe que marcar mais pontos no período de dez minutos.

Variação

Para deixar a brincadeira mais estimulante, a mão das crianças poderá ser molhada com uma toalha úmida.

Adaptação – Basquete sabonete

Descrição do jogo

1. Formar duas equipes de dez jogadores; cada uma deverá escolher o capitão.

2. Os baldes servirão como cesta e deverão ser colocados ao fundo da quadra (um de cada lado).

3. Os capitães tirarão par ou ímpar, e a equipe representada pelo vencedor iniciará o jogo no centro da quadra e terá a posse do sabonete.

4. Ao ouvir o apito, a equipe deverá, sem que os integrantes se movam adiante com a bola, trocar passes manuais e, arremessando o sabonete, fazer a cesta no balde adversário.

5. Cada cesta vale dois pontos.

6. A equipe adversária deverá atrapalhar a troca de passes e tentar obter o sabonete.

7. Sempre que for marcada uma cesta, o jogo reiniciará no centro da quadra.

8. Ganhará a partida a equipe que marcar mais pontos no período de dez minutos.

Variação

O tempo de jogo poderá ser maior ou menor, de acordo com o grupo. O número de integrantes de cada equipe poderá variar de acordo com a realidade da turma.

Indicação de adaptação

Aluno com deficiência física.

Objetivo

Estimular a percepção espacial, ampliar a consciência corporal e valorizar o trabalho em equipe entre os alunos.

Material

Apito, sabonetes e baldes com água.

Espaço apropriado

Quadra poliesportiva.

Em vez de utilizar tempo para determinar o término do jogo, pode ser estipulada uma quantidade de pontos. É possível, assim, que o jogo se encerre quando uma equipe atingir dez pontos. É importante que os alunos participem das adaptações das regras do jogo. Um aluno poderá desempenhar a função de árbitro, o que pode desenvolver nas crianças a compreensão das regras.

Sugestão

Caso o aluno com deficiência física não consiga conduzir a própria cadeira de rodas, o educador, ou um colega orientado a auxiliar, poderá empurrá-la. É importante ressaltar que a pessoa que estiver ajudando não poderá participar do jogo, nem lançando, nem pegando o sabonete; sua função se restringe a empurrar a cadeira de rodas.

19. Bola nos pés

Objetivo
Desenvolver a coordenação motora e noções de lateralidade dos alunos.

Material
Bola.

Espaço apropriado
Quadra poliesportiva ou pátio.

Curiosidade
A embaixadinha é uma prática individual futebolística que tem como objetivo controlar a bola com o corpo durante o maior tempo possível, sem que ela caia no chão ou encoste nas mãos ou nos braços.

Na Bahia, a embaixadinha é também chamada de pontinho.

O campeonato de embaixadinhas chama-se *Freestyle.*

O recorde mundial de embaixadinhas em distância percorrida é de um inglês de 26 anos, que passou mais de 13 horas controlando a bola enquanto andava por diversos estádios de futebol em Londres.

Descrição do jogo

1. Separados em duas equipes, os alunos devem sentar-se em fileiras, com as pernas esticadas, deixando um espaço entre si.
2. Para o primeiro aluno de cada equipe, é dada uma bola que deverá ser segurada pelos pés.
3. O aluno deverá virar-se para a esquerda e passar a bola para os pés do colega que está ao lado.
4. Esse colega deverá virar-se para a direita, pegar a bola com os pés e passá-la ao próximo aluno.
5. Ganhará a equipe que primeiro concluir a ida e a volta da bola, que deverá chegar para o primeiro participante novamente.

Adaptação – Bola nos pés

Descrição do jogo

1. Separados em duas equipes, os alunos se sentam em fileiras, com as pernas esticadas, deixando um espaço entre si.

2. Auxiliar o aluno com cegueira a sentar-se no local correto e informar a ele quem está sentado à sua direita e à sua esquerda.

3. Para o primeiro aluno de cada equipe, é dada uma bola com guizo que deverá ser segurada pelos pés.

4. O aluno deverá se virar para a esquerda e passar a bola para os pés do colega que está ao lado.

5. Este deverá se virar para a direita, pegar a bola com os pés e passá-la ao próximo aluno.

6. Ganhará a equipe que primeiro concluir a ida e a volta da bola, que deverá chegar para o primeiro participante novamente.

Variação

No lugar da bola, pode-se colocar um guizo ou algumas pedrinhas dentro de uma garrafa PET.

Indicação de adaptação
Aluno com cegueira.

Objetivo
Aprimorar a coordenação motora, estimular a percepção auditiva e desenvolver a lateralidade dos alunos.

Material
Bola com guizo.

Espaço apropriado
Quadra poliesportiva.

20. Boliche das letras

Objetivo
Aprimorar a destreza, a agilidade, a memória e a atenção dos alunos.

Material
Bolas de meia e latas com um pouco de areia, encapadas e demarcadas com as letras do alfabeto (uma letra para cada lata).

Espaço apropriado
Pátio ou quadra poliesportiva.

Descrição do jogo

1. Separar os alunos em duas equipes: A e B. Eles deverão permanecer sentados em duas fileiras em um dos lados da quadra.
2. No lado oposto, espalhar as latas com as letras do alfabeto.
3. O primeiro integrante da equipe A deverá lançar a bola de meia na direção das latas. O objetivo é derrubar o maior número de latas.
4. Assim que derrubar uma lata, o aluno deverá conferir qual é a letra grafada nela e anunciá-la em voz alta. Em seguida, terá que falar três palavras que se iniciam com a letra.
5. Para cada letra derrubada e pelas três palavras ditas correspondentes a ela, o aluno ganhará três pontos para sua equipe.
6. Depois disso, o aluno coloca a lata no lugar para que o integrante da equipe B participe. Assim, as rodadas ocorrem sucessivamente.
7. As palavras não podem ser repetidas, senão será retirado um ponto da equipe que o fizer.
8. Ganhará o jogo a equipe que marcar mais pontos até o final do tempo predeterminado.

Adaptação – Boliche das letras

Descrição do jogo

1. Separar os alunos em duas equipes: A e B. Eles deverão permanecer sentados em duas fileiras em um dos lados da quadra.

2. No lado oposto, espalhar as latas com as letras do alfabeto.

3. O primeiro integrante da equipe A deverá lançar a bola de meia na direção das latas. O objetivo é derrubar o maior número de latas.

4. Assim que derrubar uma lata, o aluno deverá conferir qual é a letra do alfabeto manual grafada nela e representá-la aos colegas. Em seguida, terá que soletrar com o alfabeto manual três palavras que iniciam com aquela letra.

5. Para cada letra derrubada e pelas três palavras, o aluno ganhará três pontos para sua equipe.

6. Depois disso, ele coloca a lata no lugar para que o integrante da equipe B participe. Assim, as rodadas ocorrem sucessivamente.

7. As palavras não podem ser repetidas, senão será retirado um ponto da equipe que o fizer.

8. Ganhará o jogo a equipe que marcar mais pontos.

Indicação de adaptação
Aluno com surdez.

Objetivo
Aprimorar a coordenação visomotora e ampliar a comunicação em Libras entre os alunos.

Material
Bolas de meia e latas com um pouco de areia, encapadas e demarcadas com as letras do alfabeto manual (uma letra para cada lata).

Espaço apropriado
Pátio, quadra poliesportiva ou sala multiúso.

Sugestão
Antes de realizar a brincadeira, relembre as letras do alfabeto manual à turma. Esta brincadeira é uma forma lúdica de começar a trabalhar a Libras com os alunos.

Alfabeto Manual

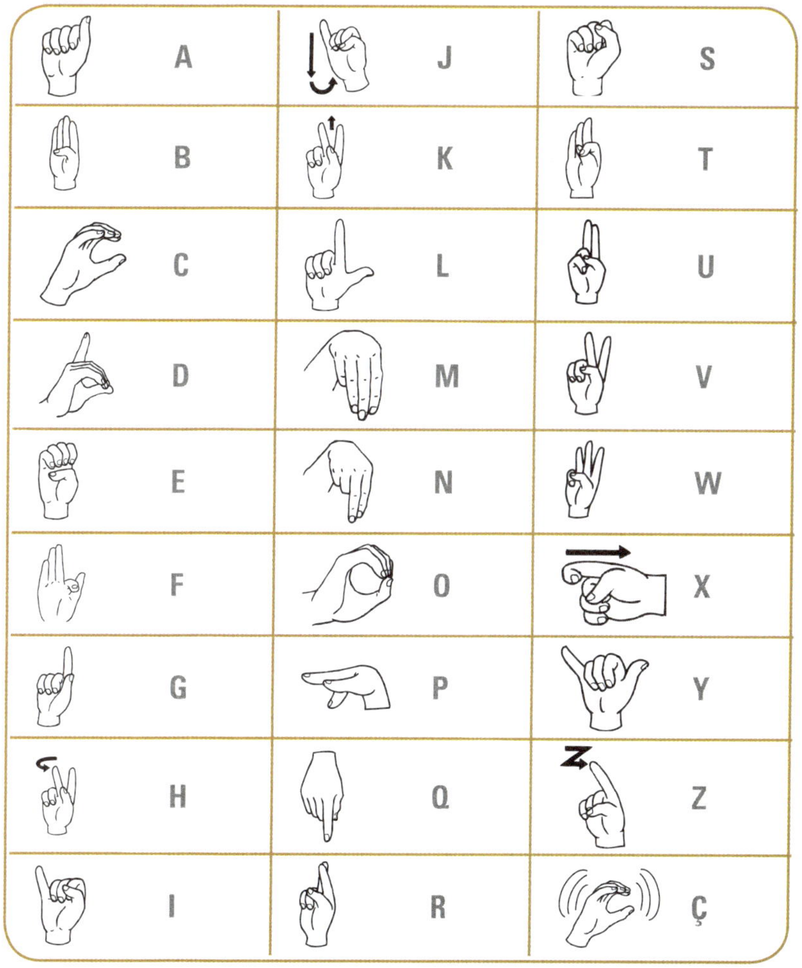

A	J	S
B	K	T
C	L	U
D	M	V
E	N	W
F	O	X
G	P	Y
H	Q	Z
I	R	Ç

Caça ao tesouro

Objetivo
Estimular o espírito de equipe, a observação e a memória dos alunos.

Material
Cartões com pistas e caixa com tesouro.

Espaço apropriado
Local amplo.

Sugestão de charadas
Na televisão, cobre um país; no futebol, atrai a bola; em casa, incentiva o lazer. O que é?
R.: Rede.
O que é que mantém sempre o mesmo tamanho, não importa o peso?
R.: Balança.
O que é que foi feito para comer, mas não se come?
R.: Talher.

Observação
As charadas seguintes devem ser colocadas embaixo dos objetos correspondentes à charada anterior.

Descrição do jogo

1. Dividir a turma em duas equipes.
2. É preciso que o espaço onde a atividade será realizada já esteja preparado, com as charadas colocadas em cada local correspondente.
3. Cada equipe receberá um envelope com uma charada que, ao ser descoberta, levará a uma nova pista, e assim sucessivamente até que os integrantes cheguem a um tesouro escondido.
4. A equipe que alcançar primeiro o final da prova ganhará o prêmio.

Variação
Podem ser formados vários times de busca.

Adaptação – Caça ao tesouro

Descrição do jogo

1. Dividir os alunos em equipes de até seis alunos.

2. Cada equipe receberá uma cartela com o desenho de um objeto ou de um local da escola, por exemplo: bebedouro, biblioteca, secretaria, orelhão, trave do gol ou palco de teatro.

3. Cada equipe deve se dirigir para o objeto ou o local mencionado na cartela e buscar por peças de um quebra-cabeça que foram escondidas.

4. Assim que os integrantes terminarem de montar o quebra-cabeça, deverão chamar o condutor da atividade ou o responsável por conduzir as brincadeiras.

5. Verificar se o quebra-cabeça está montado corretamente. Se estiver, será o fim da brincadeira.

6. Se a equipe for considerada vitoriosa, novas cartelas poderão ser entregues para dar continuidade à brincadeira.

Indicação de adaptação
Aluno com deficiência intelectual.

Objetivo
Estimular o trabalho em equipe, a atenção visual e a localização espacial dos alunos.

Material
Peças de quebra-cabeça e cartelas.

Espaço apropriado
Local amplo, sem degraus ou rampas muito íngremes.

Variação
As cartelas podem conter partes de uma frase, de uma história ou algum texto que faça parte do conteúdo trabalhado em sala de aula.

Canguru

Objetivo
Favorecer a interação com o grupo, a agilidade e o espírito de equipe dos alunos.

Material
Duas bolas de borracha.

Espaço apropriado
Quadra poliesportiva ou outro espaço amplo e plano.

Descrição do jogo

1. Os alunos se posicionam em duas filas.
2. O primeiro aluno da fila segura a bola de borracha com as mãos e, ao sinal de partida, deverá passá-la por debaixo das pernas para o segundo da fila.
3. A bola deve ser passada dessa maneira até chegar ao último da fila, que, ao recebê-la, deverá pular com ela entre os joelhos até tomar o primeiro lugar da fila.
4. Repetir novamente até que o primeiro aluno da fila chegue à sua posição inicial.
5. Ganhará o jogo a equipe que concluir primeiro a tarefa.

Curiosidade
O canguru é um mamífero marsupial muito comum na Austrália. Por esse motivo, é um animal símbolo do país. As fêmeas possuem o marsúpio, uma bolsa na região da barriga para carregar seus filhotes em fase de desenvolvimento.

Adaptação – Canguru

Descrição do jogo

1. Os alunos são divididos em duas filas de aproximadamente dez integrantes e sentam-se no chão.

2. O primeiro integrante da fila deverá segurar a bola de borracha.

3. Ao sinal de partida, a bola deverá ser passada por cima da cabeça dos alunos, até chegar ao último da fila.

4. Esse aluno deverá ir para a frente deslocando-se sentado no chão, com a bola sobre as pernas.

5. Quando o aluno tomar o primeiro lugar da fila, ele iniciará novamente a passagem da bola.

6. Repetir até que o primeiro aluno da fila chegue à sua posição inicial.

7. Ganhará o jogo a equipe que concluir primeiro a tarefa.

Indicação de adaptação
Aluno com deficiência física.

Objetivo
Desenvolver a consciência corporal, aprimorar a agilidade e estimular organização dos alunos.

Material
Bolas de borracha.

Espaço apropriado
Local amplo, plano e liso.

Sugestão
Decidir com os alunos diferentes formas de deslocamento, dependendo do comprometimento da criança com deficiência física. No caso de ela não se locomover, um dos colegas pode empurrar com cautela a cadeira de rodas enquanto o aluno cadeirante segura a bola no colo.

23. Corrida com bambolês

Objetivo
Desenvolver a coordenação motora, a velocidade e a destreza dos alunos.

Material
Apito, bambolês e fita--crepe.

Espaço apropriado
Pátio ou quadra poliesportiva.

Descrição do jogo

1. Separar os alunos em duas equipes, que deverão se posicionar em fila diante de dois caminhos marcados no chão por fita-crepe.
2. Ao ouvir o apito, o primeiro aluno de cada fila deverá rolar o bambolê o mais depressa possível pelo caminho tracejado no chão.
3. Quando esse aluno alcançar o fim do caminho, deverá voltar, entregar o bambolê para o próximo da fila e, depois, ir para o final da fila.
4. O próximo participante da fila deverá fazer o mesmo caminho e se encaminhar para o final da fila, e assim sucessivamente.
5. Ganhará o jogo a equipe que finalizar primeiro o percurso e cujo bambolê voltar para o primeiro da fila.

Curiosidade
O bambolê de plástico que usamos hoje foi criado em 1958, nos EUA. O antigo data de por volta do ano 1000 a.C., no Egito, e era feito de fios secos de parreira. A primeira utilidade para ele era de ornamento para a dança que artistas faziam na época.

Adaptação – Corrida com bambolês

Descrição do jogo

1. Antes de iniciar a atividade, permitir que cada aluno faça livremente os movimentos necessários com o bambolê e se locomova com ele.
2. Depois desse treino, separar a turma em dois grupos, organizar os alunos em fila e posicioná-los diante de um percurso marcado com fita-crepe.
3. Ao ouvir o apito, o primeiro aluno de cada fila deverá rolar o bambolê o mais depressa possível pelo caminho tracejado no chão.
4. Quando o aluno alcançar o fim do caminho, deverá voltar e entregar o bambolê para o próximo da fila e, depois, ir para o final da fila.
5. Ganhará o jogo a equipe que finalizar primeiro o percurso e cujo bambolê voltar para o primeiro da fila.

Indicação de adaptação
Aluno com deficiência intelectual.

Objetivo
Aprimorar a coordenação motora e estimular o trabalho em equipe entre os alunos.

Material
Apito, bambolês e fita-crepe.

Espaço apropriado
Pátio ou quadra poliesportiva.

Sugestão
A adaptação desta brincadeira depende das habilidades dos alunos. Eles podem competir, dentre outras possibilidades, empurrando o bambolê, carregando-o com apenas uma mão ou segurando-o com as duas mãos.
É importante esclarecer algumas regras, como:
- não chutar o bambolê;
- não usar o bambolê para machucar o colega;
- prestar atenção ao correr pelo percurso marcado, etc.

24. Corrida com garrafas

Objetivo
Estimular a coordenação motora e a destreza dos alunos.

Material
14 bambolês e 2 garrafas PET de 2 litros.

Espaço apropriado
Pátio ou quadra poliesportiva.

Descrição do jogo

1. Colocar 14 bambolês no chão, dispostos em duas fileiras.

2. Dividir a turma em duas equipes, posicionadas em fila diante de cada fileira de bambolês.

3. O primeiro aluno de cada equipe recebe uma garrafa PET e prende-a entre as pernas.

4. Ao ouvir o apito, o aluno deverá pular ou correr em direção ao outro lado da quadra. Quando passar por um bambolê, deverá colocar os dois pés dentro dele e passá-lo pelo corpo, tirando-o pela cabeça e colocando-o no chão novamente.

5. O aluno deve fazer isso por todo o percurso. Ao voltar, ele deverá entregar a garrafa PET para o próximo da fileira e se dirigir ao final da fila.

6. Se algum aluno derrubar a garrafa durante o percurso, deverá retornar à sua posição de origem e reiniciar a trajetória.

7. Vencerá a equipe que concluir primeiro a tarefa.

Adaptação – Corrida com garrafas

Descrição do jogo

1. Dividir a turma em duas equipes. Os integrantes devem se organizar em duplas e posicionar-se em duas filas na linha de fundo da quadra.

2. Colocar sete bambolês no chão diante de cada fila, organizados em fileira e distantes um do outro.

3. A primeira dupla de cada equipe deve estar de mãos dadas e com uma garrafa PET presa entre as pernas.

4. Esses alunos devem pular até chegar ao bambolê. Um dos integrantes da dupla deve passar o bambolê pelo parceiro e colocá-lo no chão novamente.

5. A dupla deve fazer isso em todo o percurso. Ao voltar, deve, sem usar as mãos, entregar as garrafas para a próxima dupla da fileira e se dirigir ao final da fila.

6. Se algum aluno derrubar a garrafa durante o percurso, deverá pegá-la, colocá-la novamente na posição e continuar o trajeto.

7. Vencerá a equipe que concluir primeiro a tarefa.

Indicação de adaptação
Aluno com deficiência intelectual.

Objetivo
Aprimorar a coordenação motora, estimular o trabalho em equipe e desenvolver a agilidade e a velocidade dos alunos.

Material
14 bambolês e 4 garrafas PET de 2 litros.

Espaço apropriado
Pátio ou quadra poliesportiva.

Variação
Em vez de prender a garrafa entre as pernas, os alunos podem segurá-la e ir pulando. As garrafas podem ser substituídas por bolas de borracha ou de meia.

Corrida das bexigas

Objetivo
Estimular a coordenação motora e a destreza dos alunos.

Material
Bexigas.

Espaço apropriado
Quadra poliesportiva ou pátio.

Descrição do jogo

1. Marcar no chão o local de largada e, a aproximadamente 30 metros de distância, colocar uma indicação do local em que as bexigas deverão ser estouradas.

2. Separar a turma em três equipes, que se posicionarão sentadas em fila. Cada participante deverá ter uma bexiga cheia em mãos. Os grupos deverão ficar atrás da linha da largada.

3. Ao sinal do condutor da atividade, o primeiro participante de cada equipe deverá sair o mais rápido possível com sua bexiga em direção ao local combinado.

4. Ali, irá sentar-se sobre a bexiga para estourá-la; quando conseguir, deverá retornar para junto de sua equipe.

5. Em seguida, o aluno deverá tocar a mão do próximo participante e se dirigir para o final da fila.

6. O próximo participante deverá proceder da mesma forma.

7. Ganhará a equipe que cumprir primeiro a tarefa.

Adaptação – Corrida das bexigas

Descrição do jogo

1. Marcar no chão o local de largada e, a aproximadamente 30 metros de distância, colocar uma indicação do local em que as bexigas deverão ser estouradas. Não se esquecer de usar os colchonetes para delimitar o trajeto a fim de que o aluno com cegueira possa identificá-lo.

2. Separar a turma em três equipes. Cada aluno deverá ter uma bexiga cheia em mãos. As equipes se posicionarão atrás da linha da largada em filas.

3. Ao sinal, que será dado de maneira sonora por aquele que conduz a atividade, o primeiro participante de cada equipe deverá andar em direção ao local marcado e sentar-se sobre sua bexiga para estourá-la.

4. Quando conseguir, o aluno deverá retornar para junto de sua equipe, tocar a mão do próximo participante e se dirigir para o final da fila.

5. O próximo participante deverá proceder da mesma forma.

6. Ganhará a equipe que cumprir primeiro a tarefa.

Indicação de adaptação
Aluno com cegueira.

Objetivo
Estimular a percepção espacial e ampliar a consciência corporal dos alunos.

Material
Bexigas e colchonetes (para identificar o percurso para o aluno com cegueira).

Espaço apropriado
Quadra poliesportiva ou pátio.

Importante
O percurso da equipe de que faz parte o aluno com cegueira deverá ser marcado por colchonetes enfileirados. Antes de iniciar a atividade, esse aluno precisa fazer o reconhecimento do espaço.

26. Corrida das correntes

Objetivo
Estimular a coordenação motora, a destreza e o espírito de equipe entre os alunos.

Material
Bambolês, cones e apito.

Espaço apropriado
Pátio ou quadra poliesportiva.

Descrição do jogo

1. Dividir a turma em grupos de cinco alunos; cada um deles deve segurar um bambolê.

2. Os alunos ficam em pé, na marcação inicial. Os cones indicarão o trajeto a ser percorrido.

3. Ao sinal do apito, os alunos devem montar uma fila, sendo que cada um deve segurar o bambolê à sua frente na altura das axilas.

4. O segundo da fila deve segurar o seu bambolê com uma das mãos e, com a outra, segurar o do colega que está à sua frente, e assim sucessivamente, até formar uma corrente.

5. Então, os alunos devem se locomover na trajetória indicada de forma que não se soltem.

6. Se a corrente se quebrar, os alunos deverão retornar para o local indicado inicialmente.

7. Ao final de cada etapa, os obstáculos podem ser aumentados.

8. Ganhará a equipe que conseguir executar as tarefas solicitadas.

Vale lembrar
Uma das grandes perdas das crianças na atualidade é a ausência da infância livre, da criança que brincava na rua e no quintal sem ter de se preocupar com a violência, os assaltos, as drogas. Hoje, muitas vivem em pequenos apartamentos, têm inúmeras tarefas diárias e pouco tempo livre para se exercitar e desenvolver sua educação corporal, suas habilidades e a coordenação motora adequadas. Por isso, brincadeiras antigas como pega-pega, esconde-esconde, amarelinha, taco, balança caixão e cantigas de rodas devem, sempre que possível, ser relembradas e ensinadas para os pequenos.

Adaptação – Corrida das correntes

Descrição do jogo

1. Essa adaptação deve seguir as regras da brincadeira original. Entretanto, alguns cuidados devem ser tomados:

- o aluno com cegueira deverá fazer o percurso antes do início da brincadeira para reconhecer o ambiente;
- o colega que estiver à frente do aluno com cegueira deverá narrar tudo o que estiver acontecendo e dizer todos os obstáculos que estão adiante;
- o aluno narrador poderá ser substituído pelo condutor da atividade;
- o grau de dificuldade poderá variar de acordo com o número de participantes.

Indicação de adaptação
Aluno com cegueira.

Objetivo
Desenvolver o equilíbrio, ampliar a coordenação motora e estimular o trabalho em equipe entre os alunos.

Material
Bambolês (4 bambolês para cada 5 alunos), cones e apito.

Espaço apropriado
Pátio ou quadra poliesportiva.

Corrida do livro

Objetivo
Estimular a coordenação motora ampla, a orientação espacial e temporal dos alunos.

Material
Livros e colchonetes.

Espaço apropriado
Pátio ou quadra poliesportiva.

Descrição do jogo

1. Cada aluno deve sentar-se no chão sobre um colchonete, formando uma fila.
2. O último integrante da fila recebe um livro.
3. Ao sinal predeterminado, o aluno que está com o livro se levanta e vai ao início da fila, equilibrando o livro sobre a cabeça. Enquanto isso, os outros alunos mudam de lugar, para deixar o primeiro espaço vazio.
4. O aluno que está com o livro se senta e passa-o para o colega de trás, por cima da cabeça até chegar ao último participante, que deve realizar a mesma ação. Assim, a atividade segue sucessivamente.
5. Ganhará a equipe que finalizar primeiro a tarefa, voltando à mesma configuração da fila inicial.

Curiosidade
Algumas agências de modelos fazem com que as modelos caminhem na passarela equilibrando um livro sobre a cabeça para elas melhorarem a postura e desenvolverem um andar elegante.

Adaptação – Corrida do livro

Indicação de adaptação

Aluno com deficiência intelectual.

Objetivo

Desenvolver o trabalho em equipe, estimular a agilidade e aprimorar o equilíbrio dos alunos.

Material

Dois bancos suecos.

Espaço apropriado

Pátio, quadra poliesportiva ou sala multiúso.

Descrição do jogo

1. Dividir a turma em dois grupos. Cada grupo deve sentar em um banco; e os participantes, posicionar-se um atrás do outro. O aluno que estiver na ponta do banco receberá um livro.

2. Ao sinal predeterminado, os alunos que estiverem com os livros deverão se levantar e se dirigir para o final do banco, equilibrando o livro na cabeça, sem segurá-lo com as mãos. Se o livro cair, o aluno deverá pegá-lo do chão e recomeçar do início do trajeto.

3. Simultaneamente, os alunos se organizam no banco indo um pouco para frente.

4. O aluno com o livro se senta no final do banco e passa o livro para o colega da frente, por cima da cabeça até chegar ao primeiro participante, que deverá realizar a mesma ação. Assim, a atividade segue sucessivamente.

5. Ganhará a equipe que finalizar primeiro a tarefa, voltando à mesma configuração da fila inicial.

Observação

Os bancos suecos podem facilitar a mobilidade dos alunos com deficiência intelectual. É importante, no entanto, que se vá narrando o que os alunos devem fazer, ao comando do condutor da atividade.

28 Enchendo a garrafa

Objetivo
Desenvolver a agilidade e o equilíbrio dos alunos.

Material
Copos plásticos, garrafas PET de 2 litros e balde com água.

Espaço apropriado
Quadra poliesportiva ou pátio.

Descrição do jogo

1. Dividir o grupo em equipes de aproximadamente oito alunos, que deverão ficar organizadas em filas.
2. À frente de cada equipe e a uma distância de aproximadamente 5 metros, posicionar uma garrafa PET de 2 litros vazia.
3. Colocar um balde cheio de água próximo das filas.
4. O primeiro aluno de cada fila deverá estar com um copo vazio.
5. Ao ouvir ou ver o sinal predeterminado, o primeiro aluno de cada fila deverá ir até o balde e encher o copo com água. Depois, andar até a garrafa e despejar a água do copo dentro dela.
6. O aluno deverá voltar para junto de sua equipe o mais rápido possível e entregar o copo vazio ao próximo da fila, que deverá repetir a ação, e assim sucessivamente.
7. Ganhará a prova a equipe que encher a garrafa primeiro.

Curiosidade
Esta brincadeira nos remete à prova de conservação de líquidos criada por Piaget, na qual se usam dois copos do mesmo tamanho e com a mesma quantidade de água. Na frente de uma criança de 7 anos, o líquido de um dos copos é transferido para outro mais comprido e fino, chegando próximo à boca deste. Então, pergunta-se em qual deles há mais água, e a criança responderá, possivelmente, que é no copo mais comprido.

Sugestão
O condutor da atividade pode colocar uma quantidade de água no balde que caiba depois na garrafa PET. Então, depois que a brincadeira acabar, poderá perguntar aos alunos em qual recipiente há mais água (no balde ou na garrafa) e, junto com a turma, analisar as respostas.

Adaptação – Enchendo a garrafa

Indicação de adaptação
Aluno com deficiência intelectual.

Objetivo
Aprimorar a coordenação motora e o equilíbrio e estimular a atenção dos alunos.

Material
Copos plásticos, garrafa PET de 2 litros, cadeira e balde com água.

Espaço apropriado
Quadra poliesportiva ou pátio.

Descrição do jogo

1. Dividir o grupo em equipes de aproximadamente oito alunos, que deverão ficar organizadas em filas.
2. À frente de cada equipe e a uma distância de aproximadamente 5 metros, posicionar uma garrafa PET de 2 litros vazia em cima de uma cadeira, para facilitar a coordenação do aluno com deficiência intelectual.
3. Colocar um balde cheio de água próximo das filas.
4. O primeiro aluno de cada fila deverá estar com um copo vazio.
5. Ao ouvir ou ver o sinal predeterminado, o primeiro aluno de cada fila deverá ir até o balde e encher o copo com água. Depois, andar até a garrafa e despejar a água do copo dentro dela.
6. O aluno deverá voltar para junto de sua equipe o mais rápido possível e entregar o copo vazio ao próximo da fila, que deverá repetir a ação, e assim sucessivamente.
7. Ganhará a prova a equipe que encher a garrafa primeiro.

Variação
Se necessário, pode-se cortar o gargalo da garrafa PET a fim de aumentar sua abertura e, deste modo, tornar mais fácil para os alunos despejar água.

Futebambolê

Objetivo
Estimular a coordenação motora.

Material
Bolas de futebol e bambolês.

Espaço apropriado
Quadra poliesportiva com trave para futebol.

Descrição do jogo

1. Amarrar dois bambolês em cada uma das traves da quadra.

2. Dividir a turma em dois grupos com o mesmo número de integrantes.

3. Cada grupo deverá formar uma fila na frente de sua respectiva trave.

4. Marcar com giz ou fita--crepe um lugar em frente à trave. Desse lugar, deverão acontecer os chutes.
É possível, também, utilizar uma das marcas da quadra.

5. Ao sinal predeterminado, o primeiro aluno de cada equipe deverá chutar a bola, com o objetivo de fazê-la passar por dentro de um dos bambolês.

6. Quando a bola passar pelo bambolê, a equipe marcará um ponto.

7. Todos os alunos da fila realizam um chute.

8. Deverá ser escolhido um integrante da equipe A para marcar os pontos da equipe B e vice-versa.

9. A cada rodada, deve-se trocar o aluno responsável por anotar a pontuação a fim de que todos participem do jogo.

10. Vence a rodada a equipe que conseguir marcar mais pontos.

Curiosidade
O goleiro também pode ser chamado de guarda-rede. A função dele é evitar que a equipe adversária marque gols, e ele é o único jogador que pode usar as mãos enquanto a bola está em jogo durante a partida de futebol.

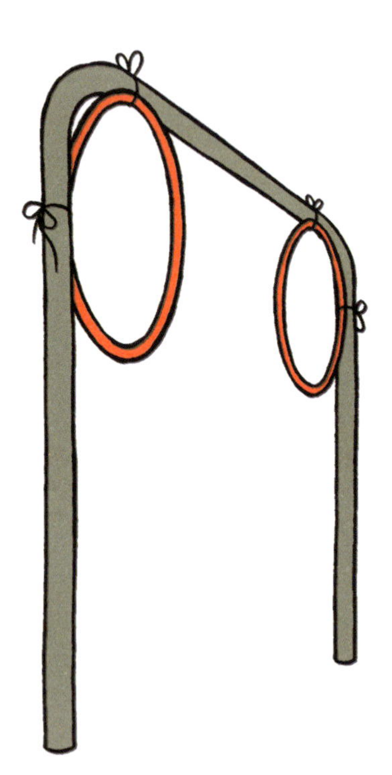

Adaptação – Futebambolê

Descrição do jogo

1. Amarrar dois bambolês em cada uma das traves da quadra.
2. Dividir a turma em dois grupos com o mesmo número de integrantes.
3. Cada grupo deverá formar uma fila na frente de sua respectiva trave.
4. Definir dois ou três pontos em frente à trave para que, deles, os participantes arremessem a bola. Os participantes terão direito de escolher o lugar mais confortável para fazer o arremesso.

Importante

É importante considerar a dificuldade do aluno com deficiência física para favorecê-lo com a escolha de um melhor ponto para fazer o arremesso. As bolas de borracha e de meia poderão facilitar a participação do aluno com deficiência física. Antes do jogo, esse participante poderá escolher a bola que melhor se adapte às necessidades dele para realizar o arremesso.

Indicação de adaptação
Aluno com deficiência física.

Objetivo
Estimular a coordenação motora e a atenção.

Material
Bolas de borracha e bambolês.

Espaço apropriado
Quadra poliesportiva com trave para futebol.

5. Ao sinal predeterminado, o primeiro aluno de cada equipe deverá arremessar a bola, com o objetivo de fazê-la passar por dentro de um dos bambolês; quando isso acontecer a equipe marca um ponto.
6. Todos os alunos da fila realizam o arremesso e depois verifica-se a pontuação.
7. Deverá ser escolhido um integrante da equipe A para marcar os pontos da equipe B e vice-versa.
8. A cada rodada deve-se trocar o aluno que faz a marcação da pontuação.
9. Vence a rodada a equipe que conseguir marcar mais pontos.

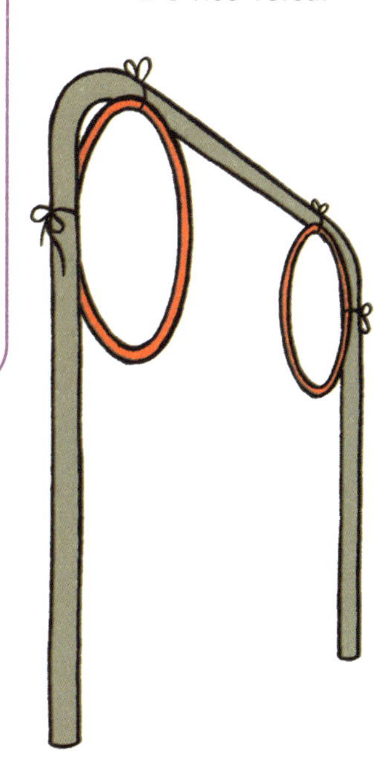

Futebol

Objetivo
Aprimorar a coordenação motora e a destreza dos alunos.

Material
Bola esférica, com circunferência entre 68 cm e 70 cm, com peso entre 410 g e 450 g.

Espaço apropriado
Quadra poliesportiva ou pátio.

Descrição do jogo

1. São criadas duas equipes de 11 jogadores cada uma, sendo um deles o goleiro.
2. Para que o jogo comece, a bola deverá ser colocada no centro da quadra e chutada para o campo adversário pelo time que detém a posse.
3. Cada time tem como objetivo principal trocar passes com os pés e marcar gol na equipe adversária.
4. O goleiro é o único jogador que pode usar as mãos e, com elas, impedir que o gol aconteça.
5. As decisões do árbitro sobre os acontecimentos do jogo são definitivas.
6. A partida é dividida em dois tempos (em jogos profissionais, cada um tem 45 minutos).
7. A bola é considerada fora de jogo quando ultrapassa completamente uma linha lateral ou de meta.
8. A bola está em jogo em todos os outros momentos, inclusive quando rebate nas traves, no travessão ou mesmo no árbitro, desde que permaneça dentro dos limites da quadra ou do campo.
9. É considerado gol quando a bola ultrapassa totalmente a linha de meta entre as traves e por baixo do travessão.
10. Ganhará a equipe que fizer o maior número de gols no tempo determinado.

Curiosidade
Há mais de 2.500 anos, já existia um jogo semelhante ao futebol atual, porém com regras muito mais simples. Somente no século XIX foram criadas as regras que conhecemos hoje. O dia considerado como o do nascimento desse esporte é 26 de outubro de 1863.

Adaptação – Futebol

Descrição do jogo

1. São escolhidos cinco jogadores para cada equipe, sendo um deles o goleiro.

2. O goleiro precisa ser vidente e é o único que não usa venda.

3. Inicialmente, cada equipe fica organizada em seu campo de defesa.

4. Um chamador se posiciona ao lado da trave de ataque, para auxiliar o posicionamento dos atacantes.

5. Todos os jogadores, com exceção do goleiro, devem usar vendas, para que ninguém seja privilegiado durante a partida.

6. Este jogo não necessita de muitas adaptações, mas é preciso buscar formas de jogar parecidas ao jogo tradicional.

7. Os jogadores fazem os passes com os pés, com o objetivo de marcar um gol.

9. A equipe adversária deve impedir o gol, atrapalhando a realização dos passes.

10. Ganhará a equipe que marcar mais gols.

Indicação de adaptação
Aluno com cegueira.

Objetivo
Aprimorar a coordenação motora, ampliar a orientação espacial e estimular o trabalho em equipe entre os alunos.

Material
Bola com guizo e vendas para os olhos.

Espaço apropriado
Quadra poliesportiva ou campo de futebol.

Curiosidade
Existem duas modalidades de futebol paralímpico:

- Futebol de cinco: todos os jogadores usam uma venda nos olhos para evitar que alguém possa ter alguma vantagem. Desta forma, todos têm as oportunidades equiparadas para tornar o jogo mais honesto. A bola possui guizos para que os jogadores possam se localizar a partir dos sons que ela emite. O time é formado por cinco jogadores, sendo que o goleiro é vidente (ou seja, não tem cegueira) e, atrás dele, fica uma pessoa que indica a direção para onde os jogadores devem seguir. A partida é dividida em dois tempos de 25 minutos cada.
- Futebol de sete: nesta modalidade, todos os jogadores têm paralisia cerebral. O time é formado por sete jogadores, e a partida é dividida em dois tempos de 30 minutos, com um intervalo de 15 minutos entre eles.

Futecadeira

Objetivo
Aprimorar a agilidade e a coordenação motora.

Material
Bola de borracha, bastões de madeira de 60 cm e cadeiras.

Espaço apropriado
Quadra poliesportiva ou pátio.

Descrição do jogo

1. Dividir a turma em duas equipes com o mesmo número de participantes.
2. Os integrantes de cada equipe devem fazer uma fila e sentar-se um ao lado do outro.
3. Os alunos devem ser numerados de forma sequencial.
4. As equipes devem sentar-se uma de frente para outra, de modo que o último integrante da equipe A fique na frente do primeiro da equipe B.
5. Ao centro, colocar uma bola e dois bastões, um para cada equipe.
6. As cadeiras deverão ser colocadas uma de cada lado, a certa distância do grupo, conforme mostra a ilustração.
7. Chamar um número qualquer, por exemplo, 7.
8. Os alunos que foram numerados com o 7 deverão levantar-se e ir correndo ao centro, pegar o bastão e tentar fazer um "gol" na cadeira de sua equipe.
9. Os jogadores podem bater com o bastão na bola para tomá-la do oponente e tentar fazer o gol.
10. Ganha a equipe que marcar mais gols.

Curiosidade
O gol é a grande consagração do futebol. Existem muitos tipos de gol, e os mais conhecidos são:
- gol de cabeça: o gol feito a partir do cabeceio;
- gol de letra: quando o jogador, cruzando as penas, chuta a bola com os pés trocados, em forma de **X**;
- gol olímpico: é o gol marcado a partir de uma cobrança de escanteio, sem que nenhum outro jogador, além do que fez a cobrança ou do goleiro, toque na bola;
- gol de falta: é quando, após uma penalidade fora da área, o jogador marca o gol fazendo a cobrança de bola parada;
- gol de pênalti: a penalidade máxima do futebol ocorre quando um jogador sofre falta dentro da grande área da equipe adversária. O jogador faz a cobrança do pênalti a partir de uma marca estabelecida na pequena área;
- gol contra: uma das piores coisas que podem acontecer em um jogo de futebol. É quando o jogador marca um gol na própria equipe.

Adaptação – Futecadeira

Descrição do jogo

1. Dividir a turma em duas equipes com o mesmo número de participantes.
2. Os integrantes de cada equipe devem fazer uma fila e sentar-se um ao lado do outro. Numerá-los de forma sequencial.
3. As equipes deverão sentar-se uma em frente à outra, de modo que o último integrante da equipe A fique na frente do primeiro da equipe B.
4. Ao centro deverá ter uma bola e dois bastões – será utilizado um por equipe. As cadeiras deverão ser colocadas uma de cada lado, a certa distância do grupo.
5. Mostrar em Libras um número qualquer, por exemplo, 7.
6. Os alunos das duas equipes que foram numerados com o 7 deverão se levantar e ir correndo ao centro, pegar o bastão e buscar fazer um "gol" na cadeira de sua equipe, tocando a bola com o bastão,
7. O adversário tem o objetivo de atrapalhar e tomar posse da bola para tentar fazer o gol.
8. Ganha a equipe que marcar mais gols.

Indicação de adaptação
Aluno com surdez.

Objetivo
Ampliar a coordenação motora e estimular a agilidade e a comunicação em Libras.

Material
Bola de borracha, bastões de madeira de 60 cm, cadeiras, fichas com números em Libras.

Espaço apropriado
Quadra poliesportiva ou pátio.

Números em Libras

1	6
2	7
3	8
4	9
5	10

Anexos
As fichas com os números em Libras podem ser encontradas nos anexos.

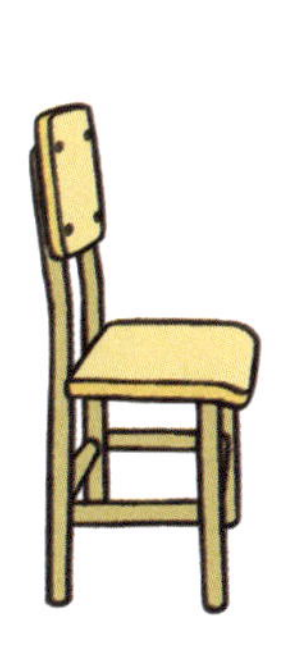

Futsal

Objetivo
Estimular a destreza dos alunos.

Material
Bola de futsal.

Espaço apropriado
Quadra poliesportiva ou pátio.

Descrição do jogo

1. A partida será disputada entre duas equipes. Cada equipe é composta por, no máximo, cinco alunos, sendo que um obrigatoriamente será o goleiro.

2. Um árbitro principal é designado para dirigir a partida.

3. Quando o árbitro der o sinal, a partida será iniciada por um dos alunos, que deverá movimentar com os pés a bola em direção ao lado contrário da sua quadra.

4. Ganhará a equipe que fizer o maior número de gols durante o tempo predeterminado.

Curiosidade
As diferenças entre o futsal (a forma abreviada de "futebol de salão) e o futebol tradicional são muitas, entre elas o local da disputa: a partida é realizada em uma quadra poliesportiva em vez de em um campo, e cada time tem cinco jogadores em vez de 11. O tempo da partida também é diferente: no futebol, ela tem dois tempos de 45 minutos cada; no futsal, dois de 20 minutos.

Adaptação – Futsal

Indicação de adaptação
Aluno com cegueira.

Objetivo
Aprimorar a coordenação motora, ampliar a orientação espacial e estimular o trabalho em equipe.

Material
Bola com guizo e vendas para os olhos.

Espaço apropriado
Quadra poliesportiva ou pátio.

Descrição do jogo

1. A partida será disputada entre duas equipes. Cada uma é composta por, no máximo, cinco alunos, sendo que um obrigatoriamente será o goleiro.
2. Os quatro alunos de linha devem jogar com olhos vendados, a fim de que não haja desvantagem para nenhuma equipe.
3. O goleiro é o único jogador que deve enxergar.
4. O objetivo é o mesmo do jogo tradicional, assim como o modo de jogar.
5. A adaptação, além da bola com guizo e a venda nos olhos, é que uma pessoa deve ficar na trave ao lado do goleiro adversário com a função de servir de chamador para os jogadores de linha de sua equipe. Para isso, ele usa comandos de voz e bate na trave para nortear os atacantes.
6. Ganhará a equipe que fizer o maior número de gols durante o tempo predeterminado.

Observação
Durante o jogo, é importante fazer silêncio para que os jogadores possam ouvir a bola.

Para facilitar a percepção espacial, as linhas laterais e de fundo podem ser demarcadas com uma corda fixada com fita adesiva, ficando assim em alto-relevo.

Para auxiliar na segurança, os cantos da quadra e as traves podem estar protegidos com colchonetes.

Gol de peso

Objetivo
Desenvolver a coordenação motora, a destreza e a pontaria dos alunos.

Material
Bola de borracha e garrafas PET (com areia, isopor, água e retalhos de tecido) numeradas com fita adesiva colorida.

Espaço apropriado
Quadra poliesportiva.

Descrição do jogo

1. A turma é dividida em duas equipes, A e B, por exemplo, que formam duas filas e se posicionam na frente da trave do gol.
2. Na trave do gol, são colocadas oito garrafas PET, sendo que cada uma deve ter um peso e uma pontuação diferente.
3. Ao sinal, o primeiro aluno da equipe A se dirige até a marca do gol e chuta a bola de borracha, tentando derrubar o maior número de garrafas.
4. São marcados os pontos em uma tabela de acordo com as garrafas derrubadas.
5. O mesmo aluno que chutou arruma as garrafas. O próximo a chutar é o primeiro participante da equipe B, e assim sucessivamente.
6. A brincadeira terminará assim que todos os alunos tiverem jogado uma vez.
7. Vencerá a equipe que somar o maior número de pontos.

Tabela de pontos

Garrafas	Pontuação
Com isopor	1 ponto
Com retalho de tecido	2 pontos
Com água	3 pontos
Com areia	5 pontos

Curiosidade
Uma garrafa PET pode demorar até 300 anos para se decompor na natureza. Por esse motivo, a reutilização desse material é uma boa opção para a preservação do meio ambiente.

Adaptação – Gol de peso

Descrição do jogo

1. A atividade é realizada conforme a brincadeira original descrita anteriormente.

2. Alguns cuidados deverão ser tomados em relação aos alunos com cegueira, como:
   - Permitir, antes de a partida começar, que ele caminhe pelo espaço em que será realizada a brincadeira;
   - Estimular o aluno a tocar as garrafas antes de o jogo iniciar, para que ele possa ter noção de onde estão e como estão organizadas;
   - Um colega poderá ser escolhido para conduzir o aluno com cegueira;
   - Quando o aluno com cegueira for realizar a atividade, é importante que algum colega fique ao lado da trave, fazendo ruídos ou chamando-o pelo nome, para que ele possa se localizar melhor pelo som.

Indicação de adaptação
Aluno com cegueira.

Objetivo
Aprimorar a coordenação motora e desenvolver a percepção auditiva dos alunos.

Material
Bola de borracha e garrafas PET (com areia, isopor, água e retalhos de tecido) numeradas com fita adesiva colorida.

Espaço apropriado
Quadra poliesportiva.

Curiosidade
É mito pensar que as pessoas com cegueira escutam melhor do que as videntes. O que acontece é que os indivíduos com essa deficiência precisam mais da audição, pois se localizam muitas vezes por meio desse sentido.

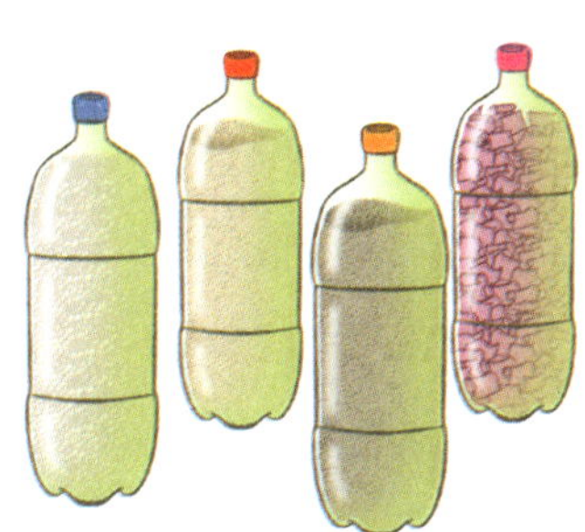

34. Jogo do zigue-zague

Objetivo
Desenvolver a coordenação motora ampla, a orientação espacial e temporal dos alunos.

Material
Nenhum.

Espaço apropriado
Pátio ou quadra poliesportiva.

Descrição do jogo

1. Dividir os alunos em duas equipes com o mesmo número de participantes, que devem ficar em círculo e deixar entre si um espaço que seja suficiente para a passagem de um colega.
2. Ao sinal predeterminado, o primeiro participante deve correr entre os companheiros, fazendo zigue-zagues até chegar ao seu lugar de origem.
3. Depois, o aluno deve bater na mão do participante ao seu lado, que procederá da mesma forma.
4. Assim a brincadeira continua até que todos participem.
5. Ganhará a equipe que finalizar primeiro a tarefa. Quando for a vez do primeiro participante novamente, todos os alunos da roda deverão levantar a mão e dar um grito.

Importante
Tanto na Educação Infantil quanto no Ensino Fundamental, o jogo deve ser usado como instrumento pedagógico, um meio para se trabalhar um conteúdo específico, e não somente para acalmar os alunos ou preencher os minutos finais do dia. Se bem aplicado no planejamento, pode ser um grande aliado no desenvolvimento global dos alunos.

Adaptação – Jogo do zigue-zague

Descrição do jogo

1. Dividir a turma em dois times, nos quais os alunos serão agrupados em duplas e ficarão em círculo, de mãos dadas. Escolher uma dupla de cada equipe para iniciar a partida.

2. Ao sinal predeterminado, a primeira dupla participante deve correr entre os colegas, fazendo zigue-zagues até chegar ao seu lugar de origem.

3. Depois, os alunos devem bater nas mãos da dupla que estiver ao seu lado, que procederá da mesma forma.

4. Alguém que estiver próximo ao aluno com cegueira deve narrar toda a movimentação dos alunos. Um exemplo seria: "Agora, a dupla formada por Thiago e Fernanda está dando a volta entre os participantes".

5. Também poderá ser combinado entre os participantes da equipe que eles sempre falem seus nomes ao iniciarem a movimentação, para o colega realizar o reconhecimento auditivo da atividade.

6. Ganhará a equipe que finalizar primeiro a tarefa, levantando as mãos ao mesmo tempo e dando um grito.

Indicação de adaptação
Aluno com cegueira.

Objetivo
Aprimorar a coordenação motora, ampliar a orientação espacial e aprimorar a velocidade dos alunos.

Material
Nenhum.

Espaço apropriado
Pátio ou quadra poliesportiva.

Vale ressaltar:
Toda movimentação que inclua um aluno com cegueira deverá inicialmente contar com um reconhecimento do espaço em que será realizada a atividade, bem como seus obstáculos, as paredes e/ou as rampas presentes no local, etc.

Curiosidade
O atletismo paralímpico permite o uso de sinais sonoros e de um guia, que corre junto com o competidor para orientá-lo. Os dois são unidos por uma corda presa às mãos, e o atleta deve estar sempre à frente.

Orientação
Os alunos com deficiência visual podem ser divididos em dois grupos: com cegueira (aqueles que necessitam de braille como recurso para a escrita e leitura) e com baixa visão.

Letras humanas

Objetivo
Aprimorar a coordenação motora e a destreza dos alunos.

Material
Nenhum.

Espaço apropriado
Pátio ou quadra poliesportiva.

Descrição do jogo

1. Dividir a turma em equipes de até oito alunos, que ficarão em pé encostados em uma das laterais da quadra.

2. Ao sinal predeterminado, cada equipe forma, combinando os próprios corpos, determinada letra do alfabeto. Todos os integrantes da equipe devem participar da elaboração da letra.

3. A equipe que terminar primeiro marcará um ponto.

4. A brincadeira terminará quando uma das equipes alcançar seis pontos primeiro.

Variação

Pode-se solicitar aos alunos que formem números romanos, letras gregas, etc.

Adaptação – Letras humanas

Descrição do jogo

1. Dividir a turma em equipes de oito alunos.
2. Cada equipe deve ficar sentada em uma das laterais da quadra, aguardando o sinal.
3. No centro da quadra, deve estar uma caixa com as letras a serem sorteadas.
4. Ao sinal predeterminado, um aluno de cada equipe corre até a caixa, pega uma cartela e a leva até os colegas.
5. Após saber qual letra foi sorteada por seu representante, os alunos devem formá-la. Todos os integrantes da equipe devem participar da elaboração da letra.
6. Quando considerarem que a tarefa está concluída, todos deverão gritar: "A letra humana é a letra ____".
7. Depois, é preciso verificar se a letra está correta e, assim, determinar se o ponto deve ou não ser validado.
8. A equipe que terminar primeiro a letra de maneira correta marcará um ponto.
9. A brincadeira terminará quando os alunos perderem interesse ou quando uma das equipes completar a somatória de pontos combinada previamente.

Indicação de adaptação
Aluno com deficiência intelectual.

Objetivo
Estimular o reconhecimento das letras e ampliar a consciência corporal dos alunos.

Material
Cartelas com letras.

Espaço apropriado
Espaço amplo e com piso liso.

36. Passando o bastão

Objetivo
Aprimorar a coordenação motora e a lateralidade dos alunos.

Material
Bastões curtos.

Espaço apropriado
Pátio ou quadra poliesportiva.

Descrição do jogo

1. Dividir a turma em duas filas, pedir para todos ficarem em pé e, para o primeiro aluno de cada equipe, entregar um bastão curto.

2. Ao sinal predeterminado, o aluno passa por baixo das pernas o bastão para o colega de trás.

3. O próximo da fila pega o bastão por baixo das pernas do integrante da frente e passa por cima da cabeça.

4. O aluno seguinte pega o bastão por cima da cabeça da criança da frente e o passa por baixo das pernas para quem está atrás, e assim sucessivamente.

5. Quando o bastão chegar ao final da fila, o último aluno ocupa o lugar do primeiro. Então, passa o bastão pelo lado direito para o segundo aluno, que deve pegar o bastão pelo lado direito e passá-lo pelo lado esquerdo, e assim sucessivamente.

6. Terminará a brincadeira quando a fileira voltar a sua formação inicial.

7. Ganhará a equipe que finalizar primeiro a tarefa. Os bastões podem ser um cabo de vassoura ou feitos com jornal e cola.

Importante
A atividade física deve fazer sentido para o aprendizado do aluno e não somente para o seu desenvolvimento motor. Ou seja, é interessante trabalhar temas que são abordados em aulas de disciplinas diversas juntamente com as atividades físicas. É possível, por exemplo, discutir conceitos como "em cima" e "embaixo" ou usar em alguma atividade que exija cálculos o tempo que cada grupo demorou para finalizar a tarefa, etc.

Adaptação – Passando o bastão

Descrição do jogo

1. A brincadeira acontecerá de maneira bem semelhante à tradicional: os alunos se posicionam em pé, um atrás do outro, formando duas filas.

2. Em seguida, cada um dirá seu nome em voz alta, para que o aluno com cegueira possa perceber quem está falando e a que distância essa pessoa está.

3. Então, ao ouvir o sinal predeterminado, o primeiro aluno passa o bastão por baixo das pernas para o colega de trás, narrando o seu movimento: "Estou passando o bastão por baixo das minhas pernas".

4. O aluno que recebeu o bastão deverá entregá-lo ao colega de trás por cima da cabeça, e assim sucessivamente.

5. Quando o último da fila receber o bastão, ocupa o lugar do primeiro e começa a passar o bastão novamente, dessa vez pela lateral do corpo, intercalando entre os lados esquerdo e direito.

6. A equipe que retomar a formação inicial primeiro será a vencedora.

Indicação de adaptação
Aluno com cegueira.

Objetivo
Aprimorar a coordenação motora e desenvolver a percepção auditiva dos alunos.

Material
Bastões que sejam curtos e produzam sons.

Confecção do Material
Serrar e lixar um cano de PVC de 15 centímetros de comprimento.

Fechar o fundo de cada um dos bastões e, em seguida, colocar dentro deles guizos, pedrinhas ou arroz, de modo que eles façam barulho ao serem movimentados.

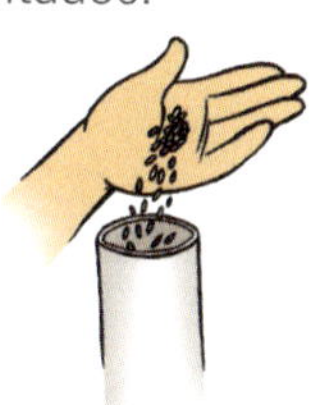

Com retalhos de tecido e fita adesiva, fechar bem a outra extremidade do cano.
Os alunos podem ajudar a decorar os bastões.

Espaço apropriado
Pátio ou quadra poliesportiva.

Importante
À medida que a brincadeira acontecer, todos os movimentos devem ser narrados, como quando é preciso mudar de posição, por exemplo. Dessa maneira, o aluno com cegueira pode acompanhar toda a atividade.

Pernas de lata

Objetivo

Aprimorar a destreza, a agilidade e o equilíbrio dos alunos.

Material

Pernas de lata.

Confecção do Material

Com um prego grosso, fazer um furo em cada extremidade das latas de leite em pó (ou similar). Passar uma corda de náilon pelos buracos e amarrá-la com um nó bem forte no interior da lata. Preencher a lata com areia ou cimento

Espaço apropriado

Pátio ou quadra poliesportiva.

Descrição do jogo

1. Dividir a turma em duas filas com o mesmo número de integrantes.
2. Marcar no chão do pátio duas linhas retas e duas linhas curvas.
3. O primeiro aluno da fila deve equilibrar-se sobre as pernas de lata e, segurando o fio de náilon, andar sobre as linhas retas e voltar para junto de sua equipe sobre as linhas curvas.
4. Depois, o aluno deve entregar as pernas de lata para o segundo integrante da fila.
5. Ganhará a equipe que concluir primeiro a tarefa.

Variação

Obstáculos, como garrafas de plástico cheias de areia, podem ser colocados nas linhas para aumentar o grau de dificuldade dessa brincadeira.

Adaptação – Pernas de lata

Descrição do jogo

1. Cada aluno explora livremente o espaço para se acostumar com o movimento e o uso das pernas de lata ou de pau.
2. É importante que a criança com cegueira utilize o brinquedo construído com a madeira, pois ele é mais baixo e, por isso, traz mais segurança no início.
3. Depois que todos os alunos tiverem dominado o modo de locomoção, sugerir uma pequena competição, dividindo a turma em três equipes.
4. O primeiro da fila deve ir e voltar andando com os pés de lata no percurso estabelecido.
5. Quando o primeiro aluno chegar, o segundo inicia, e assim por diante.
6. Ganhará a equipe que concluir primeiro a tarefa.

Indicação de adaptação
Aluno com cegueira.

Objetivo
Aprimorar a coordenação motora e desenvolver o equilíbrio dos alunos.

Material
Pernas de lata ou pernas de pau.

Confecção do Material
Colar um pedaço de corda (de náilon ou sisal) nas laterais de dois pedaços de madeira (de 10 cm de altura por 15 cm de largura)

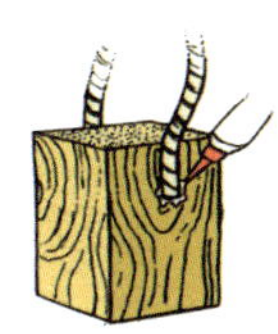

Para garantir a fixação da corda, usar um prego grosso para fixar a corda à madeira.

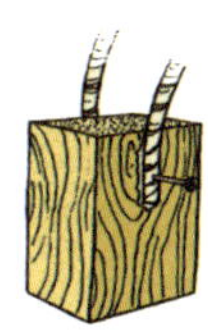

Por fim, decorar as laterais juntamente com as crianças usando tinta ou colagens.

Espaço apropriado
Pátio, quadra poliesportiva ou outra área plana e sem obstáculos.

Observação
No início, é importante que um colega ou o professor acompanhe o aluno com cegueira, orientando-o sobre como realizar os movimentos.

38. Sem as mãos

Objetivo
Estimular a coordenação motora e o equilíbrio dos alunos.

Material
Saquinhos de pano e latas de refrigerante.

Confecção do Material
Usar retalhos de pano bem grosso ou feltro.

Costurar as bordas, deixando uma parte de aproximadamente 5 centímetros aberta. Colocar retalhos de pano picadinhos ou areia até preencher o saquinho e, então, costurá-lo.

Por fim, decorar os saquinhos usando tinta de tecido. Essa atividade pode ser realizada também pelas crianças.

Espaço apropriado
Quadra poliesportiva.

Descrição do jogo

1. Dividir a turma em três equipes, as quais devem permanecer em fila atrás de uma das linhas da quadra.
2. Colocar uma lata à frente de cada fila, na outra linha da quadra.
3. O primeiro de cada equipe deve caminhar até a lata, levando o saquinho preso entre os joelhos. Quando chega à lata, o aluno deixa, sem usar as mãos, o saquinho cair dentro dela e retorna para a fila.
4. Antes de ir para o final da fila, o aluno deve tocar na mão do próximo colega para que este possa fazer o mesmo percurso.
5. Aquele que deixar cair o saquinho durante o percurso deverá retornar para a posição de origem e começar novamente.
6. Ganhará a equipe que concluir primeiro a tarefa.

Adaptação – Sem as mãos

Descrição do jogo

1. Montar três percursos a serem percorridos, colocando os colchonetes um na frente do outro.
2. Dividir a turma em três equipes, as quais devem permanecer em fila atrás dos colchonetes, na linha de partida, marcada com giz ou fita-crepe.
3. No término de cada trajeto de colchões, será colocada uma lata.
4. O primeiro de cada equipe deve caminhar até a lata, levando o saquinho preso entre os joelhos. Quando chega à lata, o aluno deixa, sem usar as mãos, o saquinho cair dentro dela e retorna para a fila.
5. Antes de ir para o final da fila, o aluno deve tocar na mão do próximo colega para que este possa fazer o mesmo percurso.
6. Se o aluno deixar cair o saquinho durante o percurso, deverá colocá-lo entre os joelhos novamente e continuar de onde havia parado.
7. Ganhará a equipe que concluir primeiro a tarefa.

Indicação de adaptação
Aluno com cegueira.

Objetivo
Aprimorar a coordenação motora, desenvolver o equilíbrio e estimular o domínio espacial dos alunos.

Material
Saquinhos de pano, latas de refrigerante, colchonetes, giz ou fita--crepe.

Espaço apropriado
Quadra poliesportiva.

Adaptação
Quando o aluno com cegueira estiver realizando o trajeto, será necessário que um colega fique no final desse percurso para servir de guia e dar à criança com deficiência visual orientações sobre onde está a lata. É importante que o aluno responsável por essa tarefa fique cantando uma música a fim de que o colega se localize pelo som. É possível também que todos os alunos experimentem essa atividade vendados.

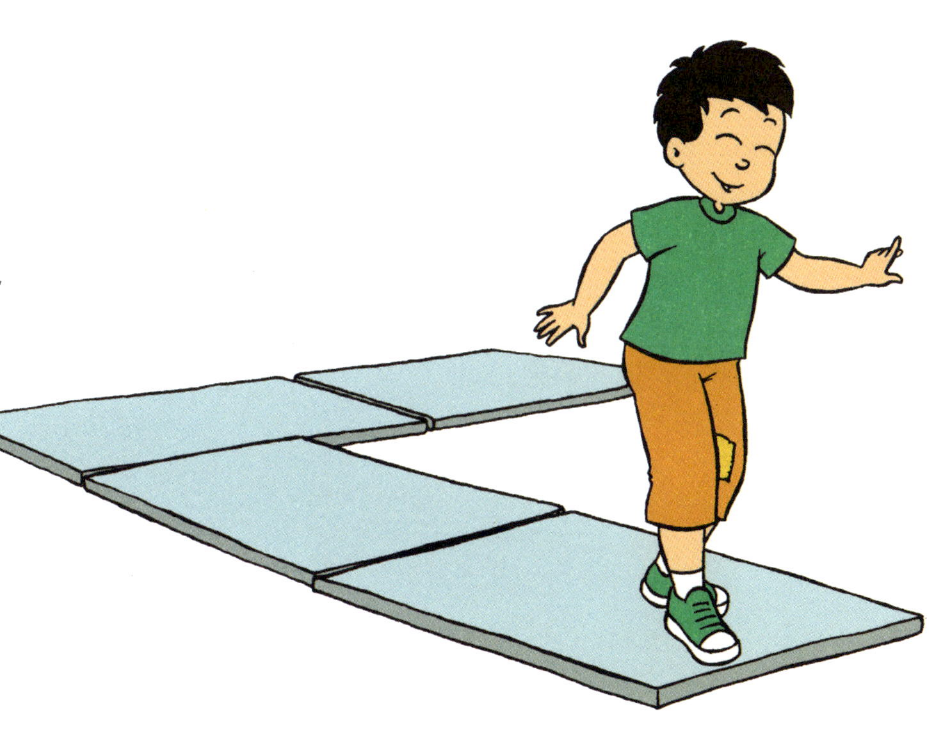

39. Tapete de notícias

Objetivo
Aprimorar a coordenação motora dos alunos.

Material
Folhas de jornal, fita adesiva grossa e giz ou fita-crepe.

Confecção do Material
Dobrar uma folha de jornal em quatro partes e passar fita adesiva em toda ela, para que fique mais firme.

Espaço apropriado
Pátio ou quadra poliesportiva.

Descrição do jogo

1. Dividir os alunos em duas equipes, posicionadas em fila.
2. Traçar com giz ou fita-crepe o percurso que deverá ser percorrido pelas equipes.
3. Entregar ao primeiro integrante da fila de cada uma das equipes duas folhas de jornal endurecidas com fita adesiva.
4. Após o sinal preestabelecido para o início da atividade, o primeiro aluno coloca uma folha de jornal no chão e pisa nela, sem deixar os pés tocarem diretamente o chão.
5. Em seguida, o aluno coloca a outra folha de jornal no chão mais adiante e pisa-a.
6. Para avançar no percurso, será necessário sempre retirar do chão a folha de jornal inicial e colocá-la à frente.
7. Esse movimento ocorrerá sucessivamente, até o aluno retornar à fileira de sua equipe. Então, ele entrega ao próximo colega uma das folhas de jornal e o espera pisar sobre ela. É somente depois de fazer isso que ele pode se dirigir ao final da fila.
8. Ganhará a equipe que concluir primeiro o trajeto.

Curiosidade
Os tapetes de rua são elementos tradicionais das festas religiosas de Corpus Christi em todo o Brasil. Para celebrar essa data, os cristãos enfeitam a rua da procissão com serragens coloridas, areia, borra de café, farinha e pequenos acessórios, como tampinhas de garrafa, flores e folhas.

Adaptação – Tapete de notícias

Indicação de adaptação
Aluno com deficiência intelectual.

Objetivo
Aprimorar a coordenação motora, estimular o trabalho em equipe e desenvolver a agilidade e velocidade dos alunos.

Material
Folhas de jornal, fita adesiva grossa e giz ou fita-crepe.

Espaço apropriado
Pátio ou quadra poliesportiva.

Descrição do jogo

1. Dividir os alunos em duas equipes.

2. Traçar com giz ou fita-crepe o percurso que deverá ser percorrido pelas equipes.

3. Cada equipe forma subgrupos de três alunos, que se organizam em fila atrás da linha de partida.

4. Entregar ao primeiro integrante da fila de cada uma das equipes duas folhas de jornal endurecidas com fita adesiva.

5. Após o sinal preestabelecido para o início da atividade, o primeiro trio de cada equipe coloca uma folha de jornal no chão e pisa sobre ela. Em seguida, o trio repete o mesmo movimento, porém, dessa vez, com a outra folha de jornal.

6. Para avançar no percurso, será necessário sempre retirar do chão a folha de jornal inicial e colocá-la à frente. Esse movimento ocorrerá sucessivamente, até que o trio chegue até um ponto estabelecido e volte à sua equipe.

7. Ao terminar o trajeto de ida e volta, o trio deverá entregar as folhas de jornal ao grupo seguinte e ir ao final da fila, até que todos da equipe tenham participado.

8. Ganhará a equipe que concluir primeiro o trajeto.

Voleibol

Objetivo
Desenvolver a coordenação motora e a agilidade e estimular o trabalho em equipe entre os alunos.

Material
Bola de vôlei.

Espaço apropriado
Quadra poliesportiva.

Descrição do jogo

1. O voleibol é um jogo no qual os participantes usam as mãos para passar a bola. Uma partida é disputada com 12 jogadores, sendo seis em cada equipe.

2. A bola deve ser lançada para o campo adversário, por cima da rede que divide os dois campos, se possível de uma maneira que dificulte a recepção da equipe adversária e toque o chão.

3. O objetivo do jogo é fazer a bola cair na quadra adversária. Quando isso acontecer, a equipe que atacou marcará um ponto.

4. A equipe marcará um ponto também quando o adversário errar, lançando a bola para fora da quadra ou na rede, sem que a bola passe para a quadra adversária.

5. O jogo inicia com a bola sendo lançada para o campo adversário por um jogador que se coloca atrás da linha de fundo do próprio campo. Esse lançamento é chamado saque. No saque, a bola pode ser golpeada de baixo para cima e vice-versa.

6. Ao receber a bola, a equipe deverá, sem deixá-la cair no chão, devolvê-la ao campo do adversário em no máximo três toques, realizados a partir das técnicas básicas de voleibol. Vale ressaltar que cada jogador pode tocar na bola somente uma vez, podendo fazê-lo novamente apenas quando outro participante a tocar.

7. Quando a equipe que saca erra, ou a bola toca no chão, seu adversário marca um ponto e adquire o direito de sacar, realizando antes um rodízio de posição dos jogadores. Essa característica torna o voleibol bastante dinâmico, pois todos os jogadores acabam atuando em praticamente todas as posições.

8. É importante lembrar que, ainda que isto aconteça com menos frequência, a bola pode ser tocada e passada por outras partes do corpo que não as mãos.

9. O jogo é contabilizado em sets de 25 pontos cada. Ganhará a equipe que vencer três sets.

Adaptação – Voleibol

Descrição do jogo

1. O jogo deverá ocorrer conforme as regras originais, descritas na página anterior. Entretanto, todos os participantes deverão estar sentados no chão, organizados dentro dos limites da quadra.

2. No vôlei sentado, os jogadores devem, para se deslocar, impulsionar- se com as pernas e arrastarem o quadril.

3. Somente no momento de se deslocar é que o jogador poderá perder o contato com o solo.

Indicação de adaptação
Aluno com deficiência física.

Objetivo
Aprimorar a coordenação motora, ampliar a orientação espacial e desenvolver o trabalho em equipe entre os alunos.

Material
Bola de vôlei.

Espaço apropriado
Quadra poliesportiva dividida ao meio por uma rede baixa.

Curiosidade
Há algumas diferenças entre o vôlei sentado (modalidade paralímpica da qual participam atletas com deficiência física adquirida ou inata) e o tradicional. Conforme a deficiência, atribui-se uma pontuação aos atletas. Ademais, a quadra mede apenas 10 m x 6 m, e a rede fica a 1,15 m de distância do solo na modalidade masculina; e 1,05 m na feminina.

A TURMA TODA REUNIDA!

41. Beijo, abraço, aperto de mão

Objetivo
Favorecer a interação entre os alunos.

Material
Nenhum.

Espaço apropriado
Sala de aula ou pátio.

Descrição do jogo

1. Os alunos se sentam, um ao lado do outro.
2. Dois alunos são escolhidos para iniciar a brincadeira e ficam em pé diante dos demais. Um deles deve estar com os olhos vendados.
3. O aluno que está sem a venda aponta aleatoriamente para um dos colegas que estão sentados e pergunta para aquele que estiver vendado: "É esse?".
4. A pergunta se repete até se ouvir uma resposta afirmativa.
5. Quando o aluno vendado responder "sim", é feita a segunda pergunta: "O que você quer dele: beijo, abraço ou aperto de mão?".
6. O aluno interrogado faz a sua escolha, olha para o grupo e descobre quem escolheu enquanto estava vendado. Quem for escolhido deverá ir até o colega que estava vendado e apertar sua mão, dar um abraço ou um beijo no rosto, dependendo do que foi pedido.
7. A brincadeira acaba quando todos tiverem participado.

Adaptação – Beijo, abraço, aperto de mão

Descrição do jogo

1. Os alunos se sentam, um ao lado do outro.

2. Dois alunos são escolhidos para iniciar a brincadeira e ficam em pé diante dos demais. Um deles deve estar com os olhos vendados.

3. O aluno que está sem a venda aponta aleatoriamente para um dos colegas que estão sentados e pergunta para aquele que estiver vendado: "É esse?".

4. A pergunta se repete até se ouvir uma resposta afirmativa.

5. Quando o aluno vendado responder "sim", será feita a segunda pergunta: "O que você quer dele: beijo, abraço ou aperto de mão?".

6. O aluno interrogado faz a sua escolha, mostrando a resposta na cartela abaixo:

7. O aluno olha para o grupo e descobre quem escolheu enquanto estava vendado. Quem for escolhido deverá ir até o colega que estava vendado e apertar sua mão, dar um abraço ou um beijo no rosto, dependendo do que foi pedido.

8. A brincadeira acabará quando todos tiverem participado.

Indicação de adaptação
Aluno com deficiência física.

Objetivo
Estimular a socialização entre os alunos.

Material
Cartelas com figuras que representem as ações (beijo, abraço e aperto de mão).
Também podem ser utilizados objetos representativos, mas é preciso que eles sejam previamente combinados com as crianças.

Espaço apropriado
Sala de aula ou pátio.

Anexo
As imagens para a realização desta atividade encontram-se nos anexos.

42 Correndo atrás da cauda

Objetivo
Desenvolver a coordenação motora ampla dos alunos.

Material
Nenhum.

Espaço apropriado
Pátio ou quadra poliesportiva.

Importante
Muitas escolas e diversos educadores não valorizam a prática de atividades físicas dos alunos da Educação Infantil e do Ensino Fundamental, mantendo-os por longos períodos sentados na sala de aula.
Como dizia Emilia Ferreiro, se a aprendizagem não for significativa para o aluno, pouco lhe acrescentará. Assim, para que essa aprendizagem seja significativa, o corpo precisa participar do processo, com ações corporais, movimentos, etc. Por isso, inserir atividades físicas durante um período de aula, desde que bem elaboradas e dentro da sequência do planejamento, pode significar avanços enormes no desenvolvimento emocional, cognitivo e corporal dos alunos.

Descrição do jogo

1. Separar os alunos em grupos com oito integrantes. Eles deverão ficar em pé, cada um segurando na cintura do outro.
2. O primeiro da fila será a "cabeça"; e o último, a "cauda".
3. Ao ouvir o sinal predeterminado, o primeiro aluno, a cabeça, tentará pegar o último da fila, o qual representa a cauda. Este tentará desviar-se do colega para não ser pego. Vale ressaltar que nenhum dos alunos pode se desgarrar dos colegas.
4. Quando for apanhado, o último aluno da fila trocará de lugar com um de seus colegas, de forma que todos representem os dois papéis.
5. A brincadeira continua até que os alunos percam o interesse.

Adaptação – Correndo atrás da cauda

Descrição do jogo

1. Separar os alunos em grupos com oito integrantes. Eles deverão ficar em pé, segurando a tira de tecido.

2. O primeiro da fila será a "cabeça"; e o último, a "cauda".

3. Ao ouvir o sinal predeterminado, o primeiro aluno, a cabeça, tentará pegar o último da fila, que representa a cauda. Este tentará desviar-se do colega para não ser pego.

4. Quando for apanhado, o último aluno da fila trocará de lugar com um de seus colegas, de forma que todos representem os dois papéis.

5. A brincadeira continua até que os alunos percam o interesse.

Indicação de adaptação
Aluno com deficiência intelectual.

Objetivo
Aprimorar a coordenação motora e a agilidade e ampliar a orientação espacial dos alunos.

Material
Tira de tecido de aproximadamente 3 metros de comprimento.

Espaço apropriado
Pátio ou quadra poliesportiva.

Importante
A tira de tecido auxilia a orientação espacial, para que os alunos percebam como devem ficar posicionados.
A coordenação motora, a orientação espacial e a agilidade são áreas que precisam ser estimuladas e desenvolvidas junto aos alunos com deficiência intelectual.

43. Escultura

Objetivo
Estimular a socialização, a atenção e a percepção corporal dos alunos.

Material
Aparelho de som.

Espaço apropriado
Quadra poliesportiva, pátio ou sala de aula.

Descrição do jogo

1. Ao sinal predeterminado, os alunos devem dançar livremente pelo espaço, acompanhando a música.
2. Quando a música parar, os alunos deverão formar duplas com os colegas que estiverem mais próximos.
3. Em seguida, eles definem quem será o escultor e quem será a "argila".
4. Então, é dado um tema (a natureza, por exemplo) para que a escultura seja feita.
5. O aluno "escultor" deve colocar o colega em uma posição que imite algo da natureza (um pássaro, por exemplo).
6. O aluno "argila" fica com os olhos fechados enquanto a escultura está sendo feita.
7. Quando todos terminarem as esculturas, será feita uma exposição, na qual todos verão as "obras" uns dos outros.
8. Reiniciar a brincadeira, tocando de novo uma música. Os alunos voltam a andar e a dançar pelo espaço, até formarem a próxima dupla.
9. A brincadeira terminará quando o tempo estipulado acabar ou os alunos perderem o interesse.
10. Podem ser atribuídos pontos para as melhores esculturas.

Observação
Após a brincadeira, pode ser feita uma roda de conversa para que os alunos possam refletir sobre as esculturas e discutir o que sentiram sendo escultores e argila.

Curiosidade
O pensador é uma das esculturas mais conhecidas no mundo e foi esculpida por Auguste Rodin.
A maior parte das obras desse artista está em Paris, em vários museus, entre eles o Museu Rodin e o Museu d'Orsay.

Sugestão
Rodin começou a fazer esculturas com massa de pão na cozinha enquanto sua mãe cozinhava.
Esta pode ser mais uma ideia de atividade para fazer com os alunos após essa brincadeira: uma massa de modelar caseira.

Massa de modelar caseira

Ingredientes:
- 2 xícaras (chá) de farinha de trigo
- 1 xícara (chá) de sal
- 2 colheres (sopa) de óleo comestível
- 1 xícara (chá) de água para dar consistência de pão à massa
- Corante alimentício de várias cores (anilina comestível, colorau de origem vegetal ou suco instantâneo em pó)

Modo de fazer:
Junte a farinha e o sal até que se forme uma mistura homogênea. Adicione corante à água. Em seguida, coloque a água colorida na mistura de farinha e sal e misture até obter um ponto de massa de pão. Se quiser uma cor mais forte, acrescente mais corante. Por fim, adicione aos poucos o óleo e misture tudo muito bem.

Adaptação – Escultura

Descrição do jogo

1. Ao visualizar o sinal, que será feito com uma bandeirinha sinalizadora, os alunos deverão mover-se livremente pelo espaço, acompanhando a música.

2. Quando a música parar, o condutor da atividade deverá balançar a bandeirinha. Então, os alunos formam duplas e definem quem será o escultor e quem será a "argila".

3. Anunciar um tema (animais, por exemplo) para a escultura e simultaneamente mostrar a cartela com o sinal em Libras.

4. O aluno "escultor" deve colocar o colega em uma posição que imite algo que represente o tema citado na cartela (um pássaro, por exemplo).

5. O aluno "argila" fica com os olhos fechados enquanto a escultura está sendo feita.

6. Quando todos terminarem as esculturas, será feita uma exposição, na qual todos veem as "obras" uns dos outros.

7. Reiniciar a brincadeira, tocando de novo a música e levantando a bandeirinha sinalizadora. Os alunos voltam a andar e a dançar pelo espaço, até formarem a próxima dupla.

8. A brincadeira terminará quando o tempo estipulado acabar ou os alunos perderem o interesse.

Indicação de adaptação
Aluno com surdez.

Objetivo
Aprimorar a coordenação motora, estimular a socialização e desenvolver a percepção corporal dos alunos.

Material
Aparelho de som, bandeirinha sinalizadora e cartela com sinais em Libras.

Espaço apropriado
Quadra poliesportiva, pátio ou sala multiúso.

Observação
É importante o professor dar todas as explicações antes de a brincadeira começar, bem como definir o tempo para a realização das esculturas, pois a duração da atividade poderá variar conforme a necessidade do grupo.

Sugestões de temas

Animais	Personagens

Profissões	**Personalidades**

44. Gato e rato

Objetivo
Aprimorar a localização espaçotemporal e a agilidade dos alunos, bem como trabalhar com eles o tema "horas".

Material
Nenhum.

Espaço apropriado
Quadra poliesportiva ou outro espaço amplo e plano.

Descrição do jogo

1. Os alunos formam uma roda, dando as mãos.
2. Um dos alunos será o "rato" e deverá ficar dentro da roda. Outro aluno será o "gato" e ficará do lado de fora.
3. Então, inicia-se o seguinte diálogo entre o gato e os alunos que estão na roda:

   Gato: – O senhor rato está em casa?
   Roda: – Não!
   Gato: – Que horas ele chega?
4. Então, o rato responde que chega às oito horas, por exemplo.
5. Em seguida, os alunos da roda começam a girar, contando as horas em voz alta: "Uma hora, duas horas... oito horas".
6. Quando os alunos terminarem a contagem, deverão parar e soltar as mãos, mas se manter na posição.
7. O gato entra na roda para pegar o rato, que deve fugir.
8. O gato e o rato podem entrar e sair da roda.
9. Quando o rato for capturado, a brincadeira recomeçará.
10. O aluno que foi o rato passa a ser o gato na rodada seguinte. Outro integrante da roda se torna o rato.
11. A brincadeira terminará quando os alunos demonstrarem desinteresse ou todos já tiverem participado.

Curiosidade
Um dos pares de gato e rato mais famoso entre as crianças é Tom e Jerry. Essas personagens são as estrelas de um desenho de curta-metragem criado na década de 1940 por William Hanna e Joseph Barbera (conhecidos como Hanna Barbera). A série animada conta a impossível tarefa do gato Tom: capturar o rato Jerry.

Adaptação – Gato e rato

Descrição do jogo

1. Os alunos formam uma roda, dando as mãos.

2. Um dos alunos será o "rato" e deverá ficar dentro da roda. Outro aluno será o "gato" e ficará do lado de fora.

3. Então, inicia-se o seguinte diálogo em Libras entre o gato e os alunos que estão na roda:

Gato: – O senhor rato está em casa?

Roda: – Não!

Gato: – Que horas ele chega?

4. Então, o rato responde que chega às oito horas, por exemplo.

Horas em Libras

1	5	9
2	6	10
3	7	11
4	8	12

Indicação de adaptação
Aluno com surdez.

Objetivo
Desenvolver a localização espaçotemporal e aprimorar a velocidade e o conhecimento dos números em Libras pelos alunos.

Material
Nenhum.

Espaço apropriado
Pátio, quadra poliesportiva ou espaço aberto, desde que seja plano e sem obstáculos.

5. Em seguida, os alunos da roda começam a girar, sem dar as mãos, contando as horas e executando os sinais dos números em Libras.

6. Quando os alunos terminarem a contagem, rapidamente darão as mãos, pois eles deverão dificultar a passagem do gato, que tentará entrar na roda para pegar o rato.

7. O gato deverá buscar formas de entrar, seja entre os braços, seja por baixo das pernas dos integrantes da roda.

8. O gato e o rato podem entrar e sair da roda.

9. Quando o rato for capturado, a brincadeira recomeçará.

10. O aluno que foi o rato passa a ser o gato na rodada seguinte. Outro integrante da roda se torna o rato.

11. A brincadeira terminará quando os alunos demonstrarem desinteresse ou todos já tiverem participado.

Variação
Para aumentar a dificuldade, pode haver mais gatos e ratos.

Observação
Os alunos deverão conhecer os sinais em Libras necessários para realizar a brincadeira.

45 Mãe da rua

Objetivo
Desenvolver a coordenação motora, a noção espacial e a agilidade dos alunos.

Material
Nenhum.

Espaço apropriado
Quadra poliesportiva ou local amplo e plano.

Descrição do jogo

1. Dividir os alunos em dois grupos e escolher quem será a "mãe da rua".
2. Cada grupo fica em uma extremidade da quadra, e a mãe da rua fica no meio.
3. Os participantes de cada grupo têm de atravessar a quadra para a outra extremidade, pulando com um pé só e sem serem pegos pela mãe da rua.
4. Quem for apanhado passará a ajudar a mãe da rua a pegar os outros participantes.
5. O último a ser pego será a mãe da rua na próxima rodada.
6. O jogo terminará quando todos tiverem sido a mãe da rua ou perderem o interesse.

Curiosidade
Muitas brincadeiras infantis de origem folclórica (como barra-manteiga, taco, esconde-esconde e pega-pega), passadas de geração em geração, eram realizadas na rua graças à menor presença de violência e à tranquilidade das cidades. Essas brincadeiras propiciavam grande interação entre as crianças, bem como colaboravam para o desenvolvimento físico delas. Atualmente, em especial nas grandes cidades, é raro ver crianças brincando na rua, no entanto, a escola pode contribuir para que essas atividades não deixem de fazer parte da vida dos pequenos.

Adaptação – Mãe da rua

Descrição do jogo

1. Dividir os alunos em dois grupos. Em seguida, os integrantes dos times formam duplas.
2. Uma dupla é sorteada para ser a "mãe da rua".
3. Cada grupo fica em uma extremidade da quadra, e as mães da rua, no meio.
4. Os limites do campo de cada grupo devem ser demarcados com corda e fita-crepe.
5. As duplas devem atravessar a quadra para a outra extremidade, pulando com um pé só, sem soltar as mãos, tentando não serem pegos pelas mães da rua.
6. A dupla de mães da rua também deverá deslocar-se de mãos dadas e pulando num pé só.
7. Os alunos que forem pegos passarão a ajudar a dupla de mães da rua a pegar os demais.
8. A última dupla que for pega será a mãe da rua na próxima rodada.
9. O jogo terminará quando todos tiverem sido a mãe da rua.

Indicação de adaptação
Aluno com cegueira.

Objetivo
Aprimorar a coordenação motora, desenvolver o equilíbrio dinâmico e estimular o trabalho em equipe entre os alunos.

Material
Corda e fita-crepe.

Espaço apropriado
Pátio ou quadra poliesportiva.

Sugestão
A brincadeira ficará mais interessante se um integrante de cada dupla estiver com os olhos vendados. Então, os alunos podem fazer um revezamento para usar a venda quando as rodadas mudarem.

O espaço a ser percorrido poderá ser menor no início e aumentado no decorrer das rodadas, conforme as crianças forem ganhando segurança no deslocamento.

É importante que, no decorrer das rodadas, as duplas, assim como os grupos, sejam modificadas.

O circo chegou!

Objetivo
Desenvolver a coordenação motora, a destreza e o equilíbrio e estimular a interação entre os alunos.

Material
Nenhum.

Espaço apropriado
Pátio ou quadra poliesportiva.

Descrição do jogo

1. Propor aos alunos um dia de circo.
2. Em conjunto, os alunos devem fazer uma lista de quais profissionais trabalham em um circo.
3. Quando as listas estiverem prontas, reunir todas as informações e preparar-se para elaborar o espetáculo.
4. Podem ser realizadas atividades individuais, como pedir que os alunos interpretem o papel de apresentador, ou em grupos, se as crianças interpretarem palhaços, malabaristas, acrobatas, mágicos, equilibristas, etc.
5. Os alunos podem escolher atividades com as quais eles tenham afinidade.
6. Os figurinos e também o cenário podem ser confeccionados com papel ou retalhos.
7. Assim que estiver tudo pronto, outras turmas poderão ser convidadas para assistir ao espetáculo.

Curiosidade
Curiosidade: Philip Astley popularizou o circo, no século XVIII, na Inglaterra. No Brasil, o circo se iniciou no século XIX e costumava ser produzido na maioria das vezes pelos ciganos. Atualmente, uma lei federal proíbe o uso de animais em exibições em circo, por causa dos constantes maus-tratos e das péssimas condições de adestramento e cuidados. No Brasil, o dia do circo é comemorado em 27 de março.

Adaptação – O circo chegou!

Descrição do jogo

1. Propor aos alunos um dia de circo.

2. Em conjunto, os alunos devem fazer uma lista de quais profissionais trabalham em um circo.

3. Os alunos podem elaborar de diversas formas um espetáculo circense: usando bancos para fingir que estão andando na corda bamba, por exemplo, até carregando uma sombrinha nas mãos.

4. Uma cartola de cartolina pode ser feita para imitar o mágico, e o aluno pode fazer algum truque com cartas de baralho.

5. O palhaço pode brincar com a plateia, colocando, por exemplo, papéis picados em um balde e simulando derrubar água nos colegas.

6. O objetivo é realizar uma apresentação que simule um espetáculo real de circo.

Indicação de adaptação
Aluno com deficiência física.

Objetivo
Desenvolver a coordenação motora, a destreza e o equilíbrio e estimular a interação entre os alunos.

Espaço apropriado
Pátio ou quadra poliesportiva.

Sugestão
O aluno com deficiência física pode ser o apresentador do circo. Se ele não se comunicar de forma oral, podem ser confeccionadas placas com o nome ou a ilustração dos profissionais do circo, a fim de que essa criança consiga anunciar quem irá apresentar-se.

47. Passeio de bonde

Objetivo
Desenvolver a coordenação motora ampla, a discriminação auditiva, a atenção e a linguagem.

Material
Cadeiras.

Espaço apropriado
Pátio ou quadra poliesportiva.

Descrição do jogo

1. Formar duas fileiras de cadeiras, que devem ficar frente a frente.
2. Deve haver uma cadeira a menos do que o número de alunos.
3. Um dos alunos é selecionado para ser o dono do bonde e deve ficar em pé. Os demais permanecem sentados.
4. O dono do bonde contará uma história para os colegas. Em certo momento da narrativa, ele falará a palavra "bonde".
5. Assim que isso acontecer, todos os alunos, inclusive o que estava em pé, deverão trocar de lugar.
6. Como haverá uma cadeira a menos que o número total de participantes, aquele que ficar em pé será o novo dono do bonde.
7. A brincadeira continua até que todos os alunos tenham participado.

Curiosidade
No Brasil, o bonde foi inaugurado em 1859, na presença de D. Pedro II e sua esposa. Os primeiros eram puxados por animais e, depois de 33 anos, foram substituídos pelo bonde a vapor.

Dica
A cada vez que a brincadeira for realizada é possível explorar diferentes meios de transporte, como: barco, trem, navio, ônibus, etc.

Adaptação – Passeio de bonde

Descrição do jogo

1. A brincadeira irá ocorrer conforme descrita anteriormente.

2. Entretanto, a palavra "bonde" será substituída pela figura do meio de transporte. Sendo assim, quando o "dono do bonde" estiver contando sua história, deverá, em determinado ponto da narrativa, mostrar a figura. Quando isso acontecer, todos os alunos deverão mudar de lugar.

Variação

A atividade pode ser realizada no chão, que, para isso, deverá estar forrado com colchonetes a fim de que as quedas não machuquem as crianças.

Indicação de adaptação

Aluno com deficiência intelectual.

Objetivo

Aprimorar a coordenação motora e a agilidade, além de estimular a atenção.

Material

Cadeiras e uma imagem de um bonde.

Espaço apropriado

Pátio ou quadra poliesportiva.

A disposição dos alunos mantém-se a mesma. Ao sinal, eles deverão locomover-se conforme combinado previamente (engatinhando, arrastando-se, sentados), de modo que os movimentos estejam adequados ao aluno com deficiência.

Anexo

A imagem do bonde pode ser encontrada nos anexos.

Pegando o tesouro

Objetivo
Estimular o trabalho em equipe e a coordenação motora dos alunos.

Material
Bambolê e cinco objetos para cada equipe.

Espaço apropriado
Pátio ou quadra poliesportiva.

Descrição do jogo

1. Separar a turma em grupos de cinco participantes.

2. Entregar para cada equipe um bambolê, que deve ser colocado no chão.

3. Um aluno da equipe recebe cinco objetos e fica dentro do bambolê. De olhos fechados, o participante é rodado com cuidado pelos colegas.

4. Após três giros, o aluno deve jogar para cima os cinco objetos que estão na sua mão.

5. Ao ouvir o sinal, os integrantes da equipe deverão, com uma das mãos, segurar o bambolê em diferentes pontos e, com a outra, tentar pegar os objetos caídos no chão.

6. Ganhará a equipe que pegar primeiro os cinco objetos e, segurando-os, sentar-se dentro do bambolê.

Importante
Propiciar atividades físicas em grupos, com materiais diversos, como cordas, bambolês e fitas, exercita o respeito da criança às atitudes dos outros e estimula a previsão das ações a serem tomadas, pois, se cada aluno puxar o objeto para o seu lado, o grupo não atingirá os objetivos da brincadeira.
Respeitar o momento de dar prioridade ao outro e em outras horas ter a sua necessidade atendida, seja para pegar o objeto mais perto do aluno, seja para ir para o lado que acredita ser mais prudente, são ações que ajudam os alunos a respeitar o próximo e aprender a conviver em comunidade.

Adaptação – Pegando o tesouro

Descrição do jogo

1. A brincadeira acontecerá de acordo com sua forma original, descrita anteriormente: os alunos são divididos em grupos de cinco integrantes.

2. Aquele que ficar no centro do bambolê será girado cuidadosamente e, em seguida, lançará para o alto os cinco objetos que tiver em suas mãos.

3. Vencerá a equipe que pegar primeiro os cinco objetos.

4. Ao sinal predeterminado, a equipe deverá segurar o bambolê e pegar os objetos. Nesse momento é importante que haja um objeto sobre uma mesa ou cadeira, para que o aluno com deficiência possa alcançar.

Indicação de adaptação
Aluno com deficiência física.

Objetivo
Desenvolver a coordenação motora e estimular o trabalho em equipe entre os alunos.

Material
Corda e cinco objetos para cada equipe.

Espaço apropriado
Espaço amplo, como quadra poliesportiva, parque ou pátio.

Variação

Uma pontuação pode ser atribuída a cada um dos objetos (é possível que ela seja colocada em uma parte dele que não pode ser vista), assim, vencerá a equipe que tiver mais pontos ao final. Pode ser marcada, por exemplo, dentro da caixa de fósforos a quantidade de pontos que ela vale.

Importante
O tamanho e o peso dos objetos devem ser colocados na brincadeira de acordo com a idade e o desempenho dos alunos.

49. Pique-pedra

Objetivo
Estimular a atenção, a agilidade e a destreza dos alunos.

Material
Nenhum.

Espaço apropriado
Pátio ou quadra poliesportiva.

Descrição do jogo

1. Todos os alunos devem ficar em pé. Três deles são escolhidos para serem os pegadores.

2. Ao sinal, todos os alunos começam a correr, tentando fugir dos pegadores.

3. Quando um pegador encostar a mão no fugitivo, este deverá abaixar-se e ficar imóvel como uma pedra.

4. Os demais fugitivos podem salvar o aluno imóvel, tocando nas costas dele sem que sejam pegos.

5. A brincadeira terminará quando todos os alunos fugitivos tiverem se transformado em pedra.

Sugestão
Esta é uma atividade que propicia a interação e estimula as boas maneiras entre os alunos, pois aqueles que estão livres tentam salvar os colegas que já foram capturados. É importante explicitar a importância dessas ações no dia a dia. Pode-se inclusive elaborar um projeto de boas maneiras a partir desta atividade, como montar um painel na sala de aula. Ele pode ter a forma de planeta Terra, de árvore, do barco ou do que mais houver em comum com as características da turma, e cada aluno que tiver uma atitude de auxílio ao próximo colocará nesse painel uma ilustração ou uma mensagem.

Adaptação – Pique-pedra

Descrição do jogo

1. A brincadeira deverá seguir as mesmas regras da sua forma original, conforme descrita anteriormente.

2. A brincadeira terminará quando todos os alunos fugitivos tiverem se transformado em pedra. Se o aluno com deficiência física tiver dificuldade de abaixar, poderá ficar em pé, imóvel como uma estátua. Os demais fugitivos podem salvá-lo, tocando em seu braço, sempre tomando cuidado para também não serem pegos. Na terceira vez que um aluno for apanhado, ele deverá sentar-se e não poderá mais ser salvo. Se o aluno com deficiência física for usuário de cadeira de rodas, poderá tocar a própria cadeira, se tiver habilidade para isso, ou ser tocado por outro colega, que não poderá ser pego. Para o aluno com cadeira de rodas ser capturado, o pegador precisa tocá-lo.

Indicação de adaptação
Aluno com deficiência física.

Objetivo
Aprimorar a coordenação motora, ampliar a orientação espacial e desenvolver a agilidade e a velocidade dos alunos.

Material
Nenhum.

Espaço apropriado
Pátio ou quadra poliesportiva.

50. Vai e vem

Objetivo
Aprimorar a coordenação motora e a destreza dos alunos.

Material
Brinquedo (confeccionado com garrafas PET, barbante, vela e pedaços de canos de PVC).

Confecção do material
Cortar as garrafas a alguns centímetros acima da metade (serão usadas apenas as partes com o gargalo).

Unir com fita adesiva as partes cortadas, de maneira que os gargalos fiquem direcionados para lados opostos.

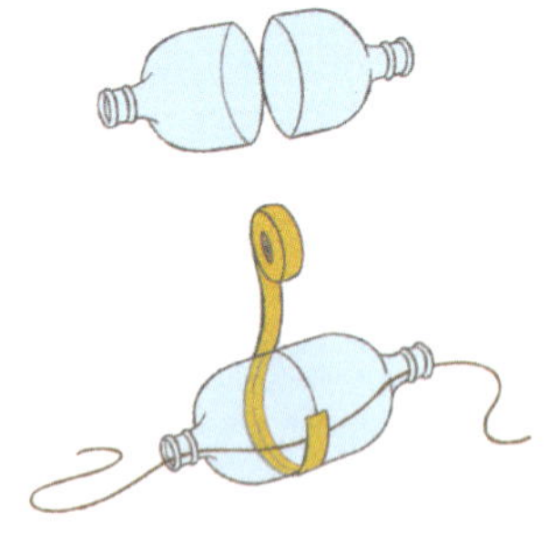

Passar cera de vela em dois barbantes de aproximadamente 4 metros cada para facilitar a maneira como a garrafa deslizará. Passar o barbante pelos dois gargalos, de modo que as duas pontas fiquem para fora da garrafa. Usar pedaços de canos de PVC para fazer os pegadores.

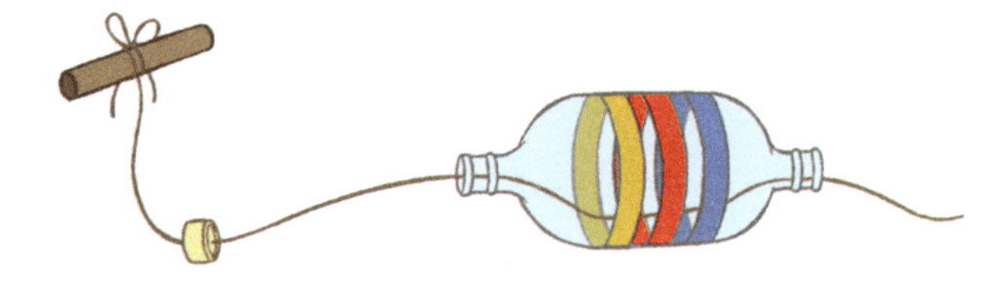

Espaço apropriado
Pátio ou quadra poliesportiva.

Descrição do jogo

1. Depois de confeccionar os brinquedos, os alunos se posicionam em duplas no pátio e ficam frente a frente.

2. Cada integrante da dupla deverá segurar uma das extremidades do vai e vem. Para dar início à atividade, é preciso que a garrafa esteja em uma das pontas do barbante.

3. O objetivo da brincadeira é, abrindo os braços, lançar a garrafa para o parceiro, de modo que ela não pare no meio do caminho nem bata na mão do colega.

4. A brincadeira terminará quando a turma perder o interesse.

Adaptação – Vai e vem

Descrição do jogo

1. Em duplas, os alunos confeccionam o brinquedo conforme descrito anteriormente.

2. Para que os alunos com cegueira possam participar nas mesmas condições dos demais, é importante colocar dentro das garrafas alguns objetos sonoros, como guizos ou pedrinhas.

3. Cada integrante da dupla deverá segurar uma das extremidades do vai e vem. Para dar início à atividade, é preciso que a garrafa esteja em uma das pontas do barbante.

Indicação de adaptação
Aluno com cegueira.

Objetivo
Estimular a coordenação motora dos alunos.

Material
Brinquedo confeccionado conforme as instruções apresentadas anteriormente, mas com guizos dentro das garrafas.

Espaço apropriado
Pátio ou quadra poliesportiva.

4. O objetivo da brincadeira é, abrindo os braços, lançar a garrafa para o parceiro, de maneira que ela não pare no meio do caminho nem bata na mão do colega.

5. A brincadeira terminará quando a turma perder o interesse.

Observação
É importante que, antes de iniciar a atividade, o aluno com cegueira realize o movimento sem o brinquedo, para que se aproprie do modo de jogar. Pode ser necessário, nas primeiras vezes em que acontecer a brincadeira, segurar no braço do aluno até que ele consiga realizá-la sozinho.

QUEM SERÁ O VENCEDOR?

A viagem do chapéu

Objetivo
Estimular a destreza e a atenção auditiva dos alunos.

Material
Chapéu e aparelho de som.

Espaço apropriado
Pátio, quadra poliesportiva ou sala de aula.

Descrição do jogo

1. Os alunos se posicionam em pé, formando uma roda, mas sem darem as mãos.
2. Um aluno é escolhido para receber o chapéu.
3. Ao ouvir a música, esse aluno deverá colocar o chapéu na cabeça de seu vizinho da esquerda, e assim sucessivamente. Em determinado momento, o condutor da atividade irá parar a música, e o aluno que estiver com o chapéu será eliminado.
4. A brincadeira continuará com os participantes que permanecerem.
5. O ganhador será aquele que permanecer mais tempo na roda.

Variação
Na falta de um chapéu, pode ser confeccionado um chapéu de dobradura.

Adaptação – A viagem do chapéu

Descrição do jogo

1. Os alunos devem sentar-se em círculo. O condutor da atividade deve acomodar corretamente o aluno com cegueira, informando a ele quem está sentado ao lado direito e quem está sentado ao lado esquerdo.

2. Um aluno é escolhido para receber o chapéu.

3. Ao ouvir a música, esse aluno deverá colocar o chapéu na cabeça de seu vizinho da direita. Assim que os participantes tocarem o chapéu, deverão dizer seu nome em voz alta para que o aluno com cegueira possa discriminar pelo som a proximidade do chapéu. Em determinado momento, o condutor da atividade irá parar a música, e o aluno que estiver com o chapéu será eliminado.

4. A brincadeira continuará com os participantes que permanecerem.

5. O ganhador será aquele que permanecer mais tempo na roda.

Indicação de adaptação
Aluno com cegueira.

Objetivo
Ampliar a coordenação motora, estimular a agilidade e desenvolver a percepção auditiva dos alunos.

Material
Chapéu e aparelho de som.

Espaço apropriado
Pátio, quadra poliesportiva ou sala multiúso.

Observação
Antes do início da brincadeira, é importante os participantes fazerem uma rodada só com a movimentação, sem a música, para que o aluno com cegueira possa se apropriar dos movimentos e da distância dos colegas da direita e da esquerda. Quando o colega que estiver ao lado do aluno com cegueira sair do jogo, será importante que o novo vizinho avise essa troca e informe a ele quem estará sentado ao seu lado.
A brincadeira deve ser narrada para o aluno com cegueira para que ele possa participar efetivamente, então alguém deve ser o responsável por avisá-lo de cada aluno que sair e de quem permanecer na brincadeira.

Amarelinha

Objetivo
Desenvolver o equilíbrio e estimular noções de sequência numérica dos alunos.

Material
Giz e uma pedrinha.

Espaço apropriado
Espaço pequeno e plano.

Descrição do jogo

1. Com o giz, desenhar uma amarelinha no chão.

2. A primeira criança da fila joga uma pedrinha no número 1, pula para o número 2, onde para com um pé só, e segue saltando as casas, até chegar ao "céu".

3. A criança volta pulando a amarelinha do mesmo modo. Quando o aluno chegar ao número 2, deverá agachar-se e recolher a pedrinha deixada na casa número 1.

4. A brincadeira continua sucessivamente até chegar ao número 10.

5. Se o participante errar a casa ao lançar a pedrinha, perder o equilíbrio, colocar qualquer uma das mãos ou ambos os pés no chão, ou ainda pular fora dos limites do quadrado, deverá voltar para o final da fila e, quando for jogar de novo, lançar a pedrinha na casa que errou.

6. Vencerá quem chegar primeiro à casa de número 10 com a pedrinha.

Variação

A amarelinha poderá ser desenhada em diversos modelos. Um deles é a amarelinha em formato de caracol.

Curiosidade
Em outra versão, quando alguém chega à casa 10, tem o direito de virar de costas e jogar a pedrinha. Se ela cair em alguma casa, o número é apagado e, no lugar dele, é escrito o nome do jogador. Ninguém pode pisar nela a não ser o "proprietário", que pode fazê-lo inclusive com os dois pés. Ganha o jogo quem tiver a maioria das casas.
Outros nomes para a amarelinha: amarelo (no Ceará), pular macaco ou macaca (na Bahia e no Pará), maré (em Minas Gerais), academia (no Rio Grande do Norte) e sapata (no Rio Grande do Sul).

Adaptação – Amarelinha

Descrição do jogo

1. Usar fita adesiva e palitos de sorvete para montar uma moldura de tamanho semelhante ao das casas da amarelinha. Com o giz, desenhar uma amarelinha no chão.

2. Colocar a moldura em volta do número 1; o objetivo dela é servir de indicador para a criança jogar a pedrinha.

3. A primeira criança da fila joga uma pedrinha no número 1, pula para o número 2, onde para com um pé só, e segue saltando as casas, até chegar ao "céu".

4. A criança volta pulando a amarelinha do mesmo modo. Quando o aluno chegar ao número 2, deverá agachar--se e recolher a pedrinha deixada na casa número 1.

5. Cumprindo todo o trajeto de retorno, a criança deverá lançar a pedrinha para o número 2, que já deverá ter sido marcado com a moldura.

6. A brincadeira continua sucessivamente até chegar ao número 10. Se o participante errar a casa ao lançar a pedrinha, perder o equilíbrio, colocar qualquer uma das mãos ou ambos os pés no chão, ou ainda pular fora dos limites do quadrado, deverá voltar para o final da fila e, quando for jogar de novo, lançar a pedrinha na casa que errou.

7. Vencerá quem chegar primeiro à casa de número 10 com a pedrinha.

Indicação de adaptação
Aluno com deficiência intelectual.

Objetivo
Estimular a coordenação visomotora, desenvolver o equilíbrio dinâmico e recuperado e ampliar a noção de sequência numérica dos alunos.

Material
Giz, moldura de palitos de sorvete e uma pedrinha.

Espaço apropriado
Espaço pequeno e plano.

Observação
O condutor da atividade sempre deverá marcar com a moldura o número da casa na qual a pedrinha será lançada. Essa moldura será uma referência concreta enquanto a criança não tiver compreendido a sequência numérica.

Sugestão
Caso a criança necessite, um colega poderá acompanhá-la ao lado da amarelinha, de mãos dadas, para facilitar-lhe o equilíbrio.

53. Aumenta-aumenta

Objetivo
Desenvolver entre os alunos a noção de medida e espaço.

Material
Corda ou dois cabos de vassoura.

Espaço apropriado
Sala de aula com as carteiras afastadas.

Descrição do jogo

1. Dois alunos seguram as pontas da corda (que pode, também, ser amarrada a dois cones); os demais ficam em fila, de frente para a corda.
2. Um a um, cada aluno deve pular a corda, que estará esticada, sem tocá-la.
3. Aquele que encostar na corda será eliminado da brincadeira.
4. Assim que a fila toda tiver passado por aquela altura, a corda deve ser erguida em torno de 5 centímetros.
5. O aluno que conseguir ultrapassar a corda na maior altura ganha.

Variação

Posicionar dois cabos de vassoura no chão paralelamente e a uma distância de 30 centímetros. A cada fila de crianças que passar pelos cabos de vassoura, será preciso aumentar a distância entre eles.

Observação
A brincadeira serve como ótimo estímulo para ensinar à criança a resolução de problemas e o levantamento de hipóteses, bem como para ajudá-la a desenvolver a autoestima.

Adaptação – Aumenta-aumenta

Descrição do jogo

1. Dois alunos seguram as pontas da corda (que também pode estar presa a dois cones); os demais, em duplas, ficam em fila, de frente para a corda.

2. Uma a uma, as duplas devem pular a corda, que estará esticada, sem tocá-la.

3. A dupla que encostar na corda será eliminada da brincadeira. Neste momento, o guizo serve para dar um aviso sonoro para os alunos de que a corda se mexeu.

4. Assim que todos da fila tiverem passado por aquela altura, a corda deverá ser erguida em torno de 5 centímetros.

5. A dupla que conseguir ultrapassar a corda na maior altura será a vencedora.

Indicação de adaptação
Aluno com cegueira.

Objetivo
Estimular a coordenação motora, ampliar consciência corporal e estimular a noção de espaço dos alunos.

Material
Corda elástica, guizos de metal e fitas de cetim.

Confecção do material
Circundar a corda em espiral com a fita de cetim. Essa espiral deverá ser contínua, porém espaçada. Fixar guizos na extensão dessa corda.

Espaço apropriado
Lugar pequeno e plano.

Sugestão
Para ampliar os cuidados, esta brincadeira pode ser realizada em uma área forrada por colchonetes.
Para não deixar alunos de fora, a dupla que encostar na corda pode segurá-la, trocando de lugar com os dois alunos que tinham essa responsabilidade. Desse modo, a rotatividade será grande, e poderá não haver vencedores.

Observação
Para que a criança com cegueira saiba a altura da corda, ela pode tocar na corda ou alguém pode balançar a corda a fim de que os guizos emitam sons.

54.

Bola do alfabeto

Objetivo
Desenvolver a coordenação motora e a destreza dos alunos.

Material
Bola.

Espaço apropriado
Pátio ou quadra poliesportiva.

Descrição do jogo

1. Uma roda é formada com todos os alunos em pé.
2. Um dos alunos fica com a bola nas mãos.
3. Ele joga a bola para um colega, escolhido aleatoriamente, enquanto diz em voz alta a letra A.
4. Aquele que receber a bola fala a letra B, e assim sucessivamente.
5. Quando alguém deixar a bola cair, deverá falar o nome de uma fruta que comece com a letra indicada na última vez em que a bola foi passada. Se o aluno souber, continuará jogando; se não souber, deverá sair da roda.
6. Ganhará o integrante que permanecer mais tempo na roda.

Variação
A brincadeira pode ser feita com outros temas, combinados previamente com os alunos. Algumas sugestões são: cores, capitais, nomes de pessoas, animais, etc.

Sugestão
Esta atividade, além de ser lúdica, pode ser utilizada para verificação de alguns conteúdos. Em turmas alfabetizadas, o condutor da atividade também pode solicitar, por exemplo, que os alunos soletrem a palavra.

Adaptação – Bola do alfabeto

Descrição do jogo

1. Uma roda é formada com todos os alunos sentados em cadeiras.
2. Um dos alunos fica com a bola nas mãos.
3. Ele joga a bola para um colega, escolhido aleatoriamente, enquanto diz em voz alta a letra A.
4. Aquele que receber a bola fala a letra B, e assim sucessivamente.
5. Quando alguém deixar a bola cair, deverá falar o nome de uma fruta que comece com a letra indicada na última vez em que a bola foi passada. Se souber, continuará jogando; se não souber, deverá sair da roda.
6. Ganhará o integrante que permanecer mais tempo na roda.

Indicação de adaptação
Aluno com deficiência física.

Objetivo
Memorizar as letras do alfabeto, estimular a coordenação visomotora e desenvolver entre os alunos a habilidade do arremesso da bola.

Material
Bola de borracha.

Espaço apropriado
Quadra poliesportiva, parque ou pátio.

Importante
O fato de todos os alunos estarem sentados gerará uma equiparação de oportunidades entre todos eles, pois, com ou sem deficiência, estarão na mesma altura.

Sugestão
Se o aluno com deficiência física tiver dificuldade de arremessar a bola, o condutor da atividade poderá segurar a bola à frente dessa criança, e ela deverá bater na bola com uma das mãos.

Cesta no cesto

Objetivo
Treinar a pontaria dos alunos.

Material
Balde ou cesto de lixo (vazio), giz e fichas de papel-cartão

Espaço apropriado
Pátio, quadra poliesportiva ou sala de aula.

Descrição do jogo

1. Os alunos se posicionam em pé em duas fileiras, e o primeiro de cada uma recebe as fichas.

2. Coloca-se um balde ou um cesto de lixo no centro da quadra, da sala ou do pátio. É preciso marcar no chão um ponto para o lançamento da ficha, e isso pode ser feito de acordo com a realidade da turma.

3. Os alunos devem arremessar as fichas a fim de acertá-las dentro do balde ou do cesto e têm três chances para fazê-lo. A cada arremesso certeiro, a equipe recebe um ponto.

4. Ganhará o time que conquistar mais pontos.

Adaptação – Cesta no cesto

Indicação de adaptação
Aluno com deficiência física.

Objetivo
Estimular a coordenação motora e valorizar o trabalho em equipe entre os alunos.

Material
Baldes ou cestos de lixo (vazio), giz e fichas de papel-cartão.

Espaço apropriado
Pátio ou quadra poliesportiva.

Descrição do jogo

1. Dividir os alunos em três grupos.

2. Cada grupo deve se posicionar em roda, e no centro de cada uma deve haver um balde ou um cesto de lixo.

3. Os alunos têm três chances para acertar as fichas no balde ou no cesto de lixo. O professor deve definir quem irá começar a brincadeira, e depois a sequência seguirá em sentido horário.

4. Para cada arremesso certeiro, será marcado um ponto.

5. Quando todas as equipes terminarem, será realizada a contagem dos pontos. Vencerá a equipe que tiver a maior quantidade de acertos.

Variação
Se necessário, os alunos poderão aguardar sentados a vez de jogar, para que o aluno com deficiência física possa ficar bem acomodado.

56. Coelho sai da toca

Objetivo
Desenvolver a coordenação, a localização espaçotemporal, a agilidade e a cooperação entre os alunos.

Material
Nenhum.

Espaço apropriado
Sala de aula, pátio ou quadra poliesportiva.

Descrição do jogo

1. Dividir as crianças em grupos de três alunos.
2. Dois alunos ficam de mãos dadas, um de frente para o outro, formando a toca.
3. O terceiro aluno fica dentro da toca. Ele será o coelho.
4. Todos os trios devem encenar esses papéis, sendo que sobrará um coelho sem toca.
5. Ao ouvirem o sinal preestabelecido, os coelhos deverão mudar de toca. É importante frisar que eles não podem ser impedidos de entrar em novas tocas.
6. O coelho que ficar sem toca ganhará uma marca, por exemplo uma etiqueta ou uma fita no braço.
7. Os alunos que formarem as tocas deverão trocar de posição com os coelhos, para que todos participem.
8. O aluno que estiver com a menor quantidade de marcações será considerado o vencedor.

Sugestão
Se poucas crianças estiverem brincando, bambolês poderão ser usados para representar as tocas.

Curiosidade
Os coelhos são mamíferos e possuem cauda bem curta e orelhas longas. Eles se locomovem dando saltos, que podem chegar a uma velocidade de 100 km/h. Um coelho adulto pesa em média 2,5 quilos.

Adaptação – Coelho sai da toca

Descrição do jogo

1. Dividir os alunos em duplas.
2. Espalhar pelo espaço os bambolês (deve haver uma quantidade equivalente ao número de duplas).
3. O condutor da atividade pode contar uma história dizendo que o coelho e o irmão dele estão voltando para casa e precisam ser rápidos para entrar na toca (o bambolê) quando a música parar.
4. Colocar uma música com sons da natureza. Enquanto estiver tocando, as crianças deverão deslocar-se imitando coelhos.
5. Os integrantes das duplas devem estar sempre juntos, inclusive para entrar na toca.
6. Após a primeira rodada, tirar um bambolê (eles podem ser retirados no decorrer da brincadeira, para estimular a agilidade e a atenção dos alunos).
7. Por se tratar de uma brincadeira sem caráter de competição, não há vencedor.
8. A atividade terminará quando as crianças perderem o interesse.

Indicação de adaptação
Aluno com deficiência intelectual.

Objetivo
Desenvolver o domínio espacial, estimular o trabalho em equipe e aprimorar a velocidade de deslocamento dos alunos.

Material
Bambolês.

Espaço apropriado
Pátio ou quadra poliesportiva.

Sugestão
Ao término da brincadeira, pode ser feita uma roda de conversa para verificar se os alunos identificaram que o condutor da atividade retirou alguns bambolês. Também pode ser perguntado se, depois da retirada, a brincadeira ficou mais fácil ou mais difícil, entre outras percepções que os próprios alunos tiveram. Para ampliar ainda mais o aspecto lúdico da brincadeira, os alunos poderão utilizar orelhinhas de coelho, confeccionadas por eles mesmos.

Dança da cadeira

Objetivo
Desenvolver a perspicácia, a velocidade, a agilidade e a percepção auditiva dos alunos.

Material
Cadeiras, aparelho de som e músicas diversas.

Espaço apropriado
Sala de aula, pátio ou quadra poliesportiva.

Descrição do jogo

1. Posicionar as cadeiras em círculo, com os assentos voltados para fora. Deve haver uma cadeira a menos do que a quantidade de participantes.
2. Os alunos deverão andar ao redor das cadeiras com as mãos para trás enquanto a música estiver tocando.
3. Quando a música parar, todos deverão procurar a cadeira mais próxima e sentar-se imediatamente.
4. O participante que ficar em pé deverá sair da brincadeira. Sempre que um participante sair, será retirada uma cadeira.
5. A brincadeira segue até que sobrem somente uma cadeira e dois alunos.
6. O aluno que conseguir sentar nessa última cadeira será o vencedor.

Variação
Existe uma versão dessa atividade em que, em vez de utilizar cadeiras, os jogadores sentam no chão quando a música para, e o último aluno a sentar é eliminado.

Adaptação – Dança da cadeira

Descrição do jogo

1. Posicionar as cadeiras em círculo, com os assentos voltados para fora. Deve haver uma cadeira a menos do que a quantidade de participantes.

2. Segurando na cintura do colega da frente, os alunos formam uma fila e se posicionam ao redor das cadeiras. Um deles fica fora da brincadeira, a princípio.

3. Enquanto a música estiver tocando, os alunos deverão andar em fila ao redor das cadeiras, sem soltar a cintura do colega da frente.

4. Quando a música parar, todos deverão procurar a cadeira mais próxima e sentar-se imediatamente.

5. Um dos participantes ficará em pé e deverá trocar de lugar com aquele que estava fora da brincadeira. Sendo assim, haverá sempre um aluno que ficará de fora de uma rodada.

6. A brincadeira continua enquanto os alunos mostrarem interesse.

Indicação de adaptação
Aluno com baixa visão.

Objetivo
Estimular a atenção, a consciência corporal e o domínio espacial e aprimorar a percepção auditiva dos alunos.

Material
Cadeiras, aparelho de som e músicas diversas.

Espaço apropriado
Pátio ou quadra poliesportiva.

Curiosidade
Existe uma forma de dançar diferente daquelas a que estamos acostumados. Na dança sobre cadeiras de rodas, as pessoas com deficiência física dançam com suavidade e graça, fazendo movimentos na cadeira de rodas. A dança pode ser feita só por pessoas com deficiência física ou por pares de indivíduos com ou sem deficiência.

Importante
Antes da brincadeira, o aluno com baixa visão deve fazer o reconhecimento do local.

Estourar bexigas

Objetivo

Desenvolver a coordenação motora, a destreza e a percepção visual dos alunos.

Material

Bexigas e barbante.

Espaço apropriado

Pátio ou quadra poliesportiva.

Descrição do jogo

1. Os alunos se espalham pela quadra.
2. Cada participante deverá ter uma bexiga amarrada ao tornozelo por um barbante.
3. O objetivo é proteger as próprias bexigas e, ao mesmo tempo, estourar com os pés as dos colegas.
4. O aluno que deixar as suas duas bexigas serem estouradas deverá sair da brincadeira.
5. Será desclassificado também o aluno que estourar as bexigas com outra parte do corpo que não os pés.
6. Ganhará a brincadeira quem permanecer com ambas as bexigas amarradas aos pés.

Curiosidade

No ano de 2010, o recorde mundial de maior estourador de bexigas foi uma surpresa: a cachorrinha Anastasia conseguiu estourar 100 bexigas em apenas 44 segundos!

Adaptação – Estourar bexigas

Descrição do jogo

1. A turma é dividida em duplas e se espalha pela quadra.
2. Cada participante deverá ter uma bexiga amarrada ao tornozelo por um barbante.
3. Ao sinal predeterminado, as duplas deverão correr pelo espaço, protegendo as próprias bexigas e tentando estourar as das outras duplas.
4. Quando a dupla tiver todas as bexigas estouradas, deverá sair da brincadeira.
5. Ganhará a brincadeira a dupla que ficar com as bexigas amarradas aos pés.

Indicação de adaptação
Aluno com deficiência intelectual.

Objetivo
Desenvolver o trabalho em dupla, ampliar a consciência corporal e estimular a agilidade dos alunos.

Material
Bexigas e barbante.

Espaço apropriado
Pátio ou quadra poliesportiva.

Importante
Desenvolver esta atividade em duplas favorece o entendimento do aluno com deficiência intelectual, além de trabalhar a cooperação entre os participantes, o ato de cuidar do outro e o espírito solidário.

59. Jogo de damas

Objetivo
Estimular o raciocínio e a concentração dos alunos.

Material
Tabuleiro de damas e as respectivas peças do jogo.

Confecção do material
Cortar 16 quadrados de cartolina de duas cores distintas (se possível, uma clara e outra escura) e colá-los em uma base firme, como papelão, alternando as cores.

Encapar dois conjuntos de 20 tampas de garrafa PET, cada um com um papel colorido diferente, para fazer as peças do jogo.

Espaço apropriado
Sala de aula.

Descrição do jogo

1. Dividir a turma em duplas.
2. Colocar o tabuleiro entre os jogadores, sendo que as peças (12 para cada um) devem ser posicionadas conforme a ilustração.
3. A primeira jogada é feita por aquele que joga com as peças claras.
4. Os jogadores devem deslocar suas peças para a frente, em movimento diagonal, uma casa por vez.
5. A peça que alcançar o lado oposto do tabuleiro e ali permanecer no final do lance deverá ser promovida a dama. Então, será colocada sobre ela outra peça da mesma cor, como uma coroação.
6. A dama pode mover-se para a frente e para trás, em quantas casas estiverem livres, mas esses movimentos devem ser feitos sempre na diagonal.
7. Se uma peça encontra uma adversária em seu caminho, e depois dela existe uma casa vazia na mesma sequência, ela deve saltar a peça e ocupar a casa livre; então, a peça adversária é retirada do tabuleiro.
8. Quando a dama e a peça adversária estão na mesma diagonal, perto ou distantes uma da outra, e existe atrás da peça adversária pelo menos uma casa vazia na mesma diagonal, a dama deve obrigatoriamente passar por cima da peça adversária e ocupar qualquer casa livre após a peça, à escolha de quem joga.
9. A partida pode acabar empatada ou com a vitória de algum dos jogadores.
10. O jogador é declarado vencedor quando o seu adversário abandona a partida, vê-se impossibilitado de realizar um movimento ou já perdeu todas as peças.

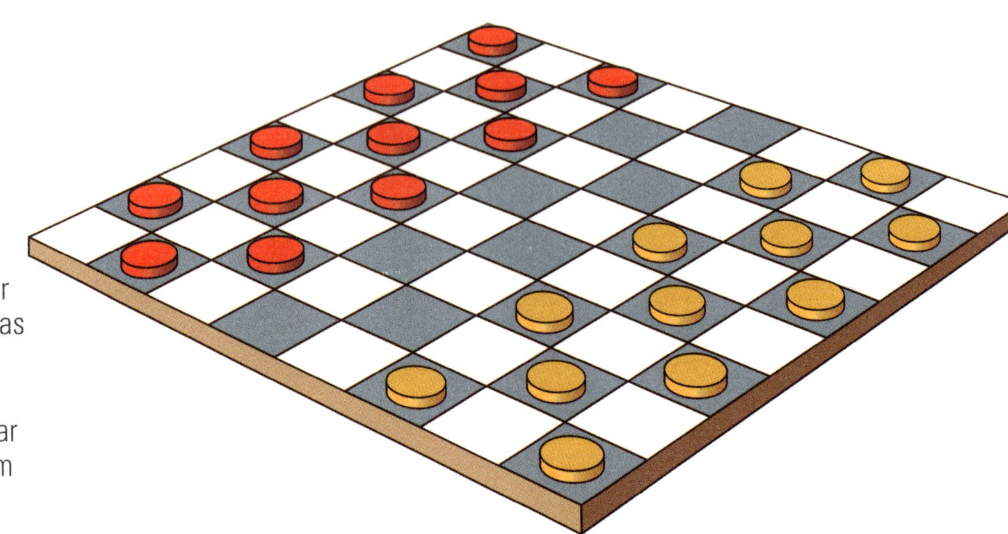

Adaptação – Jogo de damas

Descrição do jogo

1. As regras deverão ser seguidas conforme o jogo tradicional, descrito na página anterior. O que deve ser adaptado neste caso é o tabuleiro e as peças.

Indicação de adaptação

Aluno com deficiência física.

Objetivo

Aprimorar a coordenação motora, ampliar a orientação espacial e estimular o raciocínio lógico dos alunos.

Material

Tabuleiro e peças adaptados.

Confecção do material

Confeccionar o tabuleiro em um pedaço quadrado de cartolina branca dividido em 100 casas iguais, pintadas alternadamente entre claras e escuras. Então, colar em uma folha imantada. Produzir 20 peças brancas e 20 peças pretas e colar um pequeno pedaço de ímã embaixo de cada uma.

Espaço apropriado

Sala de aula.

Observação

O tabuleiro poderá ser confeccionado com casas maiores, para facilitar a movimentação das peças. As peças podem ser confeccionadas com tampas de garrafa de refrigerante, preenchidas com areia ou argila. Alisar para dar acabamento e pintar 20 peças de branco e outras 20 de preto. Colar um pequeno ímã em cada peça.

Curiosidade

Na Idade Média, os reis costumavam jogar xadrez, enquanto as rainhas preferiam um jogo com peças e regras mais simples. Por isso, o jogo de damas é conhecido dessa forma.

60. Jogo do equilíbrio

Objetivo
Desenvolver a coordenação motora e o equilíbrio dos alunos.

Material
Saquinhos de pano estufados.

Confecção do material
Costurar saquinhos de retalho e enchê-los com areia ou pequenos pedaços de tecido. Os alunos podem participar enchendo e enfeitando os saquinhos.

Espaço apropriado
Pátio ou quadra poliesportiva.

Descrição do jogo

1. Na linha de fundo da quadra, os alunos ficam com os joelhos e as mãos apoiados no chão, com cinco saquinhos de pano, previamente preparados, equilibrados nas costas.
2. Ao sinal, os alunos devem engatinhar sobre as linhas da quadra sem deixar que os saquinhos caiam.
3. O aluno que permanecer com o maior número de saquinhos nas costas ao final do trajeto será o vencedor.

Variação
Os alunos podem equilibrar os saquinhos na cabeça, no ombro, etc.

Adaptação – Jogo do equilíbrio

Descrição do jogo

1. Montar um caminho com os colchonetes na quadra, para que o aluno com cegueira possa percorrê-lo com mais segurança.

2. Posicionar os alunos em filas no início do percurso e colocar cinco saquinhos de pano nas costas de cada um deles.

3. Ao sinal, os alunos devem engatinhar pelo trajeto em cima dos colchonetes, sem deixar que os saquinhos caiam.

4. O aluno que permanecer com o maior número de saquinhos nas costas ao final do trajeto será o vencedor.

Indicação de adaptação
Aluno com cegueira.

Objetivo
Aprimorar a coordenação motora e desenvolver o equilíbrio dos alunos.

Material
Cinco saquinhos de areia para cada aluno e colchonetes.

Espaço apropriado
Pátio ou quadra poliesportiva.

Sugestão
É importante para o aluno com cegueira reconhecer o espaço físico antes do início da brincadeira, principalmente o caminho dos colchonetes.
Ele poderá também fazer o percurso ao lado de outro colega, que terá como objetivo garantir a sua segurança.

61. Lata d'água na cabeça

Objetivo
Desenvolver o equilíbrio e a destreza dos alunos.

Material
Latas (elas podem ser de molho de tomate, creme de leite, chocolate em pó, leite em pó, etc.) com papel picado.

Espaço apropriado
Pátio ou quadra poliesportiva.

Descrição do jogo

1. Cada aluno recebe uma lata com papel picado e a coloca sobre a cabeça.

2. Ao sinal, os alunos devem andar pela quadra seguindo as ordens dadas. Alguns exemplos são:
   - "Lata d'água na cabeça, batendo palma";
   - "Lata d'água na cabeça, pulando em um pé só";
   - "Lata d'água na cabeça, de olhos fechados".

3. Os alunos andam seguindo as ordens e, ao mesmo tempo, tentando não derrubar os papéis que estão na lata.

4. O aluno que permanecer ao final das instruções com a maior quantidade de papel na lata será o vencedor e poderá dar as próximas instruções.

Curiosidade
A canção Lata d'água, composta na década de 1950 por Luís Antônio e Jota Júnior, descreve a situação das lavadeiras da época, a qual perdura até os dias atuais e se estende a muitas mulheres que trabalham, cuidam dos filhos e sonham com uma vida melhor.

Adaptação – Lata d'água na cabeça

Descrição do jogo

1. Cada aluno recebe uma lata com papel picado e a coloca na mão para ser equilibrada.

2. Ao sinal, os alunos devem andar pela quadra seguindo as ordens dadas. Por exemplo:
   - "Lata d'água na mão, rebolando";
   - "Lata d'água na mão, trocando de mão";
   - "Lata d'água na mão, pulando".

3. Os alunos andam seguindo as ordens e, ao mesmo tempo, tentando não derrubar o papel que está na lata.

4. É importante demonstrar os movimentos para que os alunos possam copiá-los.

5. A brincadeira deverá terminar quando os alunos perderem o interesse.

Variação

Dividir a turma em grupos e, após o término do circuito de movimentos, todos devem juntar os papéis que sobraram no chão. Vencerá a brincadeira a equipe que terminar com a maior quantidade de papel.

Indicação de adaptação
Aluno com deficiência intelectual.

Objetivo
Ampliar a coordenação motora, estimular a atenção e desenvolver o equilíbrio dos alunos.

Material
Latas (elas podem ser de molho de tomate, creme de leite, chocolate em pó, leite em pó, etc.) com papel picado.

Espaço apropriado
Pátio ou quadra poliesportiva.

Sugestão
Aumentar o grau de dificuldade gradativamente, até que os movimentos possam ser feitos com a lata na cabeça.

62

Moeda ao centro

Objetivo
Desenvolver a pontaria dos alunos.

Material
Bacia, taça de plástico ou de metal, moedas e giz.

Espaço apropriado
Pátio ou quadra poliesportiva.

Descrição do jogo

1. Colocar no centro da quadra, um balde com um pouco de água e, dentro dele, uma taça de plástico ou de metal.
2. Os alunos devem formar uma fila no local demarcado para os lançamentos.
3. O primeiro da fila recebe três moedas e tem como objetivo acertá-las dentro da taça.
4. Será marcado um ponto para cada moeda que cair dentro da taça.
5. Ganha o jogo o aluno que tiver mais pontos ao final de três rodadas.

Curiosidade
No Brasil, a instituição responsável pela fabricação de todas as cédulas e moedas é a Casa da Moeda. Podem ser produzidas até 4,2 bilhões de cédulas e 4 bilhões de moedas por ano. A Casa da Moeda pertence ao Ministério da Fazenda e foi fundada em 8 de março de 1694.

Importante
Adequado para alunos acima de 8 anos, por causa do uso de moedas na brincadeira.
No caso de precisar fazer uma adaptação, pensando na segurança dos alunos, utilize objetos maiores, como bolas de tênis ou mesmo borrachas.

Adaptação – Moeda ao centro

Descrição do jogo

1. Posicionar os alunos em círculo, sentados ao redor de uma bacia com água. Dentro dela, colocar um recipiente plástico também cheio de água.
2. Distribuir bolinhas de gude aos alunos.
3. Ao sinal predeterminado, ainda sentados, os alunos deverão lançar as bolinhas em direção ao alvo.
4. As bolinhas que não caírem dentro dos recipientes deverão ser pegas pelos alunos para serem arremessadas de novo.
5. As bolinhas que caírem dentro da bacia valerão um ponto, aquelas que caírem dentro do recipiente plástico valerão dois pontos.
6. A brincadeira terminará quando acabarem todas as bolinhas.
7. Marcar os pontos com a ajuda dos alunos.

Variação

Pode ser definido um tempo para a realização da atividade, de modo que vários grupos disputem entre si pela maior pontuação.

Indicação de adaptação
Aluno com deficiência física.

Objetivo
Desenvolver a coordenação visomotora e estimular o trabalho em equipe.

Material
Bacia grande, recipiente de plástico menor que a bacia e bolinhas de gude.

Espaço apropriado
Pátio ou quadra poliesportiva.

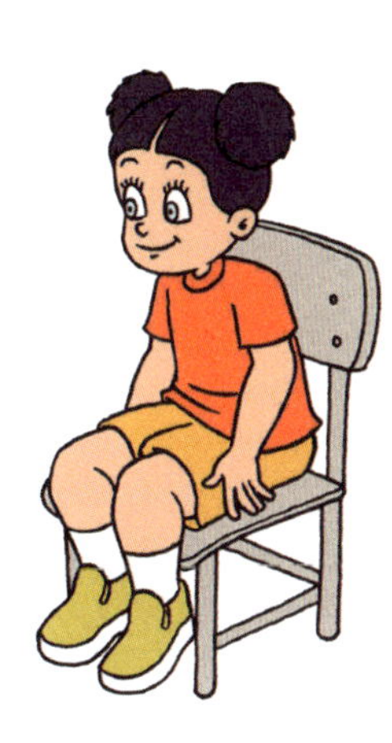

63 Pedra, papel e tesoura

Objetivo
Aprimorar a atenção e a memória dos alunos.

Material
Nenhum.

Espaço apropriado
Sala de aula ou pátio.

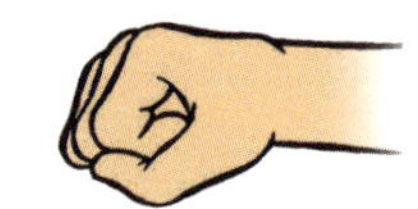

Pedra

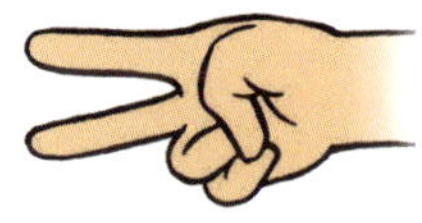

Tesoura

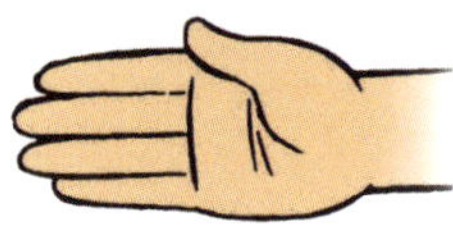

Papel

Descrição da brincadeira

1. Os alunos ficam em pé, formando duas filas.
2. As crianças deverão usar as mãos para representar o papel, a pedra ou a tesoura.
3. De acordo com o símbolo que fizer, um participante é considerado o vencedor. As regras são: a tesoura vence o papel; o papel vence a pedra, e a pedra vence a tesoura.
4. Em duas fileiras, os alunos se viram um de frente para o outro e, sem que o adversário veja, escolhem um dos símbolos para jogar. Ao contarem até três, mostram suas escolhas.
5. Desta dupla sai um campeão, que será conduzido para uma terceira fila, até que todos tenham terminado.
6. Quando a fileira com os vencedores da primeira rodada estiver completa, uma nova disputa começará.
7. Assim, a atividade segue sucessivamente, até que um campeão seja estabelecido.

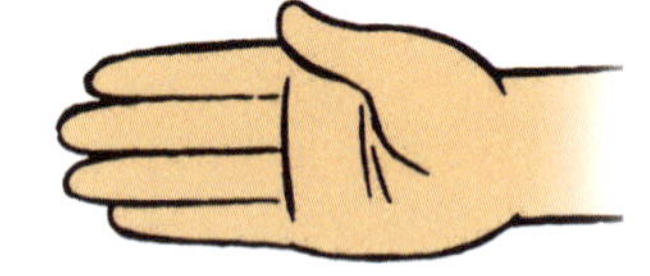

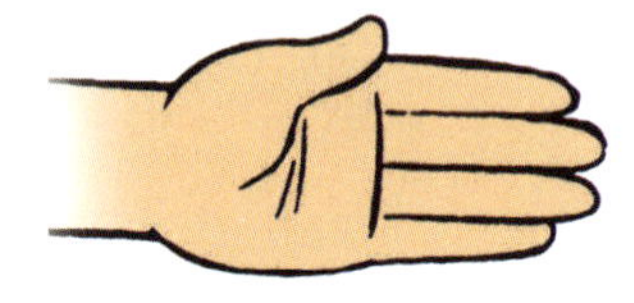

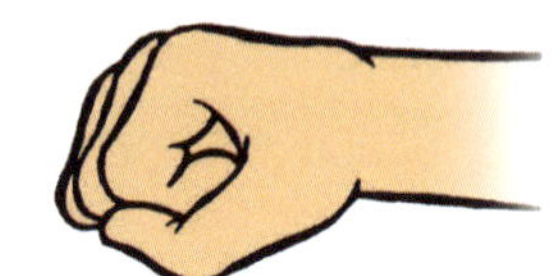

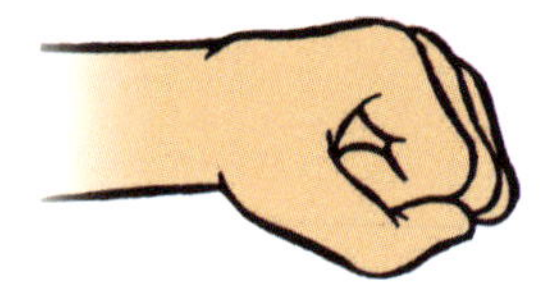

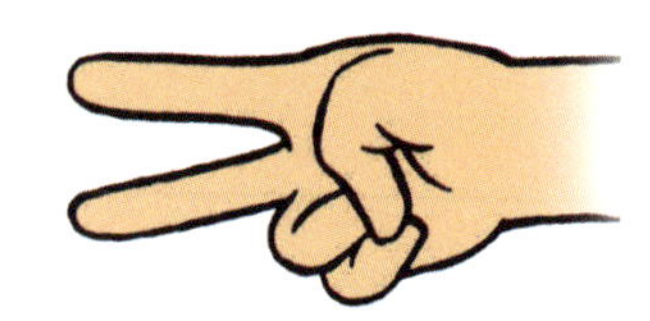

Adaptação – Pedra, papel e tesoura

Indicação de adaptação
Aluno com deficiência intelectual.

Objetivo
Estimular o trabalho em grupo entre os alunos.

Material
Pedras, folhas de papel, tesouras sem ponta e caixas de sapatos.

Espaço apropriado
Sala multiúso ou sala de aula.

Descrição do jogo

1. Dividir os alunos em dois grupos, e cada um deve eleger um líder. Entregar para cada líder uma caixa de sapatos, em que tenha uma tesoura, uma pedra e uma folha de papel.
2. Os grupos terão 30 segundos para decidir o objeto que vão escolher.
3. Assim que definirem qual será o objeto, ele deve ser guardado na caixa de sapato, e os demais devem ficar escondidos das equipes adversárias.
4. Quando o tempo terminar, o líder de cada equipe deve mostrar o objeto.
5. As regras da brincadeira continuam as mesmas da forma original.
6. As equipes iniciam com dez pontos e, a cada rodada perdida, é descontado um ponto.
7. Quando as duas equipes mostrarem o mesmo objeto, há um empate, e ninguém perde ponto.
8. A brincadeira continua até uma das equipes zerar o seu placar, o que caracteriza a vitória para os adversários.

Pegando bastões

Objetivo
Desenvolver a coordenação motora dos alunos.

Material
Bastões longos (cabos de vassoura lixados e pintados de várias cores).

Espaço apropriado
Pátio ou quadra poliesportiva.

Descrição do jogo

1. Os alunos formam uma roda, e cada um deve segurar um bastão.

2. Ao sinal predeterminado, os alunos devem soltar seu bastão, ocupar o lugar do colega à sua direita e segurar o próximo bastão antes que ele caia no chão.

3. O aluno que deixar o bastão cair será desclassificado e sairá da brincadeira.

4. Será declarado vencedor a última criança que conseguir segurar o bastão sem que ele caia.

Variação

Em vez de sair da brincadeira, o aluno que deixar o bastão cair pode declamar o trecho de um poema, cantar uma música, imitar um animal ou realizar outra atividade escolhida conforme a sua habilidade ou o tema trabalhado em sala de aula. Nesse caso, não há vencedores.

Importante
Faz parte do objetivo da escola propor desafios para os alunos. Quando bem colocada, a mediação do professor ou de outro profissional que conduza a atividade provoca uma desestabilização nos alunos e propicia crescimento e novas aprendizagens. Executar, por exemplo, uma mesma atividade com diferentes tipos de bolas (de papel, de meia, de futebol, de isopor, etc.) requer a adaptação dos alunos à nova situação, em que eles terão de usar de forma diferenciada a força, a velocidade, a destreza, a atenção, etc.

Adaptação – Pegando bastões

Descrição do jogo

1. Dividir a turma em duplas: cada aluno com um bastão na mão, com uma das pontas encostadas no chão. As duplas devem se espalhar pelo espaço.

2. Ao sinal predeterminado, o aluno deve trocar de lugar com a outra criança da dupla e segurar o bastão dela, antes que ele caia no chão.

3. O aluno que deixar o bastão cair será desclassificado e sairá da brincadeira.

4. Para indicar que o bastão será solto, um código de aviso sonoro deverá ser combinado com a dupla do aluno com cegueira. O parceiro dele pode, por exemplo, bater o bastão no chão três vezes para sinalizar que os demais participantes trocarão de lugar.

5. Será declarado vencedor o último aluno que deixar cair o bastão.

Indicação de adaptação
Aluno com cegueira.

Objetivo
Aprimorar a coordenação motora, desenvolver a percepção auditiva e estimular a atenção dos alunos.

Material
Bastões longos (cabos de vassoura lixados e pintados de várias cores).

Espaço apropriado
Pátio ou quadra poliesportiva.

Variação
Quando os alunos já estiverem realizando sem grandes dificuldades todas as etapas, o grau de complexidade pode ser elevado das seguintes formas:

- aumentando-se a distância entre os parceiros;
- realizando a atividade em trios, depois em grupos de quatro integrantes, até que toda a turma participe em um único círculo.

Pescaria

Objetivo
Aprimorar a coordenação motora dos alunos.

Material
Bacia grande com areia, peixes coloridos de plástico ou papelão (com marcas de pontuação), varinha com anzol e ampulheta.

Espaço apropriado
Pátio ou quadra poliesportiva.

Descrição do jogo

1. Colocar a bacia no meio da quadra e, de forma aleatória, enterrar os peixes na areia até a metade do corpo deles.
2. Os alunos se posicionam em fila.
3. O primeiro aluno recebe a varinha com anzol e tenta encaixá-lo na boca do peixe.
4. No peixe, estará escondida a marcação de pontos que o aluno receberá.
5. Então, o aluno passa a varinha para outro aluno, que tentará pescar o peixe.
6. O tempo de pescaria de cada aluno pode ser marcado por uma ampulheta.
7. Ganhará a brincadeira o aluno que fizer mais pontos na pescaria.

Sugestão
Os peixes podem estar numerados e ter uma abertura parecendo uma boca, com um clipe aberto. As varinhas dos alunos podem ser feitas de gravetos ou varetas, com um barbante amarrado. Na ponta do barbante, um clipe aberto pode funcionar como um anzol.

Observação
A confecção da ampulheta pode ser encontrada na página 203.

Adaptação – Pescaria

Descrição do jogo

1. Colocar a bacia no meio da quadra e, de forma aleatória, enterrar os peixes até a metade do corpo deles.
2. A turma deve ser dividida em cinco grupos, que se posicionam em fila.
3. O primeiro aluno de cada grupo recebe a varinha e tenta encaixar o anzol na boca do peixe.
4. No peixe, estarão escondidos um sinal de Libras e a marcação de pontos que o aluno receberá.
5. Ao pescar o peixe, o aluno deverá fazer o sinal e dizer o que significa. Caso ele acerte, a equipe marcará ponto.
6. Em seguida, tendo ou não acertado o sinal, o aluno deverá passar a varinha para o próximo do grupo, que fará o mesmo.
7. O tempo de pescaria de cada aluno pode ser marcado por uma ampulheta.
8. Ganhará a equipe que somar mais pontos.

Indicação de adaptação
Aluno com surdez.

Objetivo
Desenvolver a coordenação visomotora e ampliar a comunicação em Libras entre os alunos.

Material
Bacia grande com areia, peixes coloridos de plástico ou papelão (com sinais em Libras e pontuação), varinha com anzol e ampulheta.

Confecção do material
Os peixes podem ser confeccionados em papel-cartão ou papelão e, depois, plastificados com papel autoadesivo.

Espaço apropriado
Sala multiúso, pátio ou quadra poliesportiva.

Variação

Os sinais podem ser diversificados ou de um único tipo. Alguns que podem ser adotados, de acordo com o tema que estiver sendo abordado em sala de aula, são: materiais escolares, cores, animais, esportes, brinquedos e países.

Sinais em Libras referentes à escola:

Escola	**Cola**
Apontador	**Estojo**
Borracha	**Giz**
Caderno	**Lápis**
Caneta	**Lápis de cor**

Anexo
O molde de peixe encontra-se nos anexos.

Simão mandou

Objetivo
Aprimorar a coordenação motora, o esquema corporal e a lateralidade dos alunos.

Material
Nenhum.

Espaço apropriado
Pátio ou quadra poliesportiva.

Descrição do jogo

1. Os alunos se posicionam em roda, e um deles é sorteado para ficar no meio.

2. O aluno que estiver no centro da roda será o Simão e dará ordens diferenciadas. Quando ditar as instruções, ele poderá citar ou não o nome, por exemplo:
   - Simão mandou levantar os braços.
   - Simão mandou rebolar.
   - Simão mandou levantar a mão direita.
   - Levantem o pé esquerdo.
   - Saltem com um pé só.

3. Entretanto, os alunos que executarem a ordem em que Simão não foi citado serão eliminados, saindo da roda.

4. Ganhará a brincadeira o último aluno que permanecer na roda.

Variação
A brincadeira poderá ser feita com ordens mais complexas, direcionadas a indivíduos ou duplas, como nos exemplos a seguir:
- Simão mandou Mariana levantar e bater palmas.
- Simão mandou Pedro colocar o caderno embaixo da cadeira.
- Simão mandou Clara dar risada bem alto.
- Simão mandou João dar três pulinhos.
- Simão mandou Carolina ficar atrás de Guilherme.

Adaptação – Simão mandou

Descrição do jogo

1. A brincadeira deverá ocorrer de acordo com a forma original, descrita anteriormente.

2. A diferença é que, no momento em que a ordem for dada por Simão, o aluno que está no meio da roda deverá levantar a placa com o desenho do personagem. Todos devem obedecer a essa instrução.

3. Todas as vezes que a placa com o desenho de Simão não for levantada, a ordem dada não deverá ser obedecida.

4. É preciso treinar a atividade antes com todos os alunos para, depois, desenvolvê-la.

Indicação de adaptação
Aluno com deficiência intelectual.

Objetivo
Aprimorar a coordenação motora e estimular a atenção dos alunos.

Material
Placa com a figura de um homem representando Simão.

Espaço apropriado
Pátio ou quadra poliesportiva.

Tênis

Objetivo
Estimular o senso de lateralidade e a orientação espacial dos alunos.

Material
Bola de tênis e raquetes.

Espaço apropriado
Quadra com uma rede no centro.

Descrição do jogo

1. Os jogadores devem posicionar-se em lados opostos da rede, cada um em seu campo.

2. Com uma raquete, o jogador deve bater na bola de modo que ela passe por cima da rede e vá para o outro lado da quadra.

3. O jogador que receber a bola deve rebatê-la para o outro lado da quadra, e assim por diante.

4. Antes de ser rebatida, a bola poderá quicar uma vez no campo.

5. O objetivo da devolução da bola é colocá-la no chão do campo adversário.

6. Existem três possibilidades de se marcar um ponto:
   - sempre que o jogador conseguir fazer a bola quicar no chão do campo adversário mais de uma vez;
   - quando o adversário não conseguir devolver a bola por cima da rede;
   - quando o adversário jogar a bola para fora do campo do oponente.

7. O jogo oficial é divido em sets, com pontuação própria, mas outras pontuações podem ser definidas antes do início do jogo.

8. Ganhará o jogo quem atingir primeiro a pontuação predeterminada.

Curiosidade
Nascido na França, o tênis, a princípio, não era jogado com raquetes, mas com a palma das mãos. Atualmente, muitos brasileiros já fazem parte da história do tênis. Gustavo Kuerten, o Guga, é o mais famoso deles: ganhou prêmios em 13 países e foi considerado o número 1 do mundo por 43 semanas.

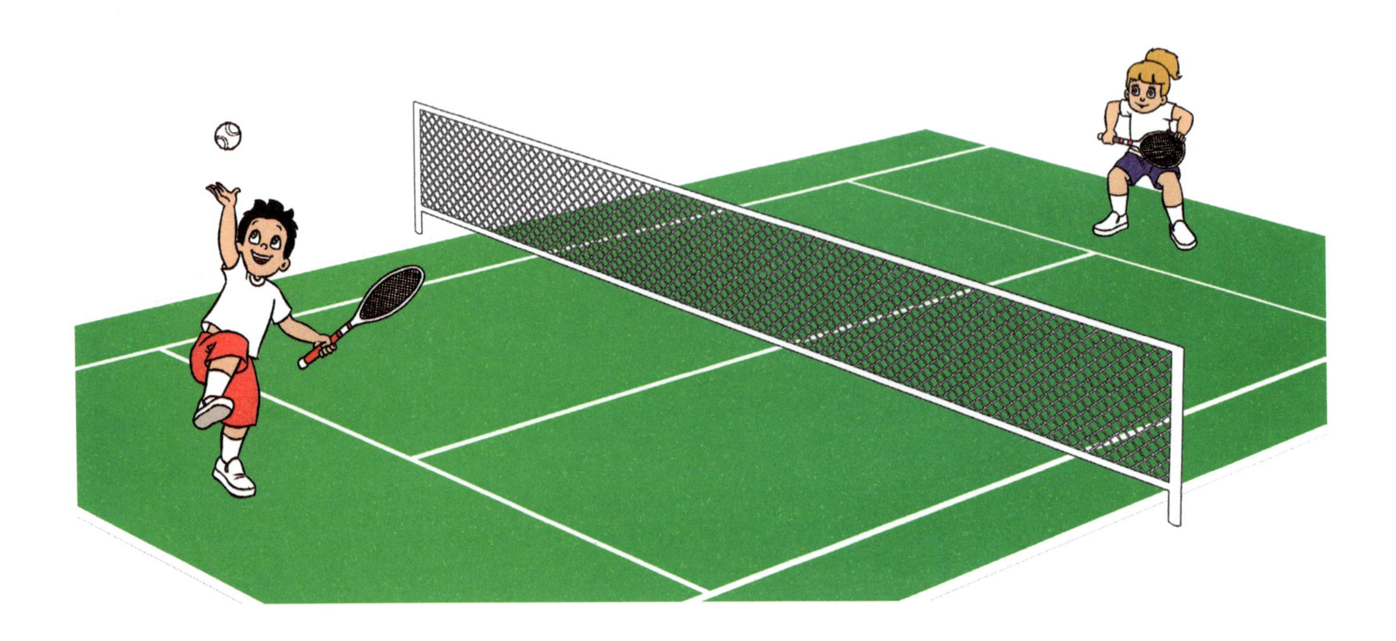

Adaptação – Tênis

Descrição do jogo

1. A atividade acontecerá de acordo com as regras da sua forma original, descritas anteriormente.

2. No caso de alunos com deficiência física, a bola poderá quicar duas vezes antes de ser rebatida, sendo que a primeira vez que tocar no chão deve ser sempre dentro da quadra.

3. É importante se certificar a respeito da mobilidade do aluno para que as adaptações necessárias possam ser feitas, como o engrossamento do cabo da raquete ou a diminuição do tamanho da quadra para que os alunos se adaptem gradativamente às dimensões oficiais, por exemplo.

Indicação de adaptação
Aluno com deficiência física.

Objetivo
Aprimorar a coordenação motora, ampliar a orientação espacial e estimular a agilidade dos alunos.

Material
Bola de tênis e raquetes.

Espaço apropriado
Quadra com uma rede no centro.

Curiosidade
O tênis em cadeira de rodas foi criado na década de 1970, nos Estados Unidos, e é parte dos Jogos Paralímpicos desde 1988. O primeiro tenista brasileiro a participar dessa modalidade foi José Carlos Morais, em 1985. Antes disso, ele competia pela seleção de basquete em cadeira de rodas.

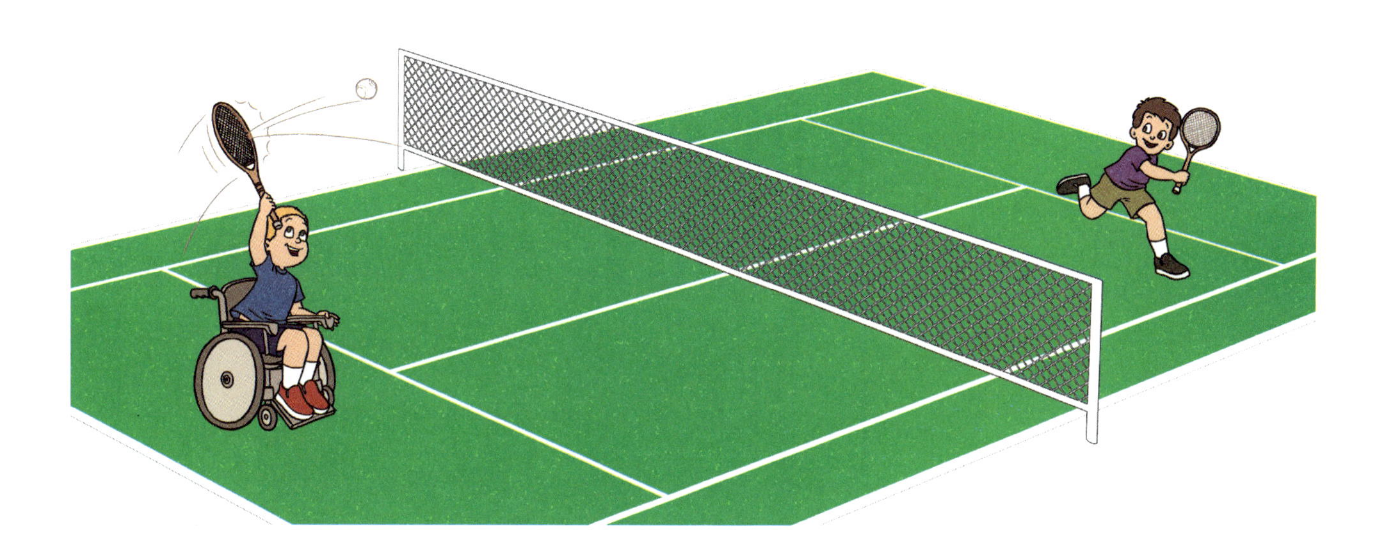

68 Torce e retorce

Objetivo
Desenvolver a coordenação motora e o equilíbrio dos alunos.

Material
Cartelas coloridas, fichas e fita-crepe.

Espaço apropriado
Pátio ou quadra poliesportiva.

Descrição do jogo

1. Usar a fita-crepe para colar no pátio as cartelas coloridas, que devem ficar a uma distância de aproximadamente 30 centímetros uma da outra.
2. Confeccionar fichas com combinações de membros do corpo e cores (as mesmas das cartelas). Um exemplo seria: pé esquerdo verde.
3. Colocar as fichas em um saquinho e pedir para um aluno sortear uma.
4. Se o aluno tirar as fichas com a combinação "pé esquerdo verde", deverá colocar o pé esquerdo na cartela verde que está no chão.
5. O próximo aluno da fila deverá sortear outras duas fichas e fazer o mesmo procedimento.
6. O aluno que cair ou não conseguir executar a tarefa será desclassificado.
7. O aluno que permanecer mais tempo executando as tarefas sem perder o equilíbrio será o vencedor.

Adaptação – Torce e retorce

Descrição do jogo

1. Colocar bambolês aleatoriamente na quadra, em uma quantidade equivalente ao número dos alunos.

2. Explicar aos alunos que todos os comandos serão visuais e que os números citados serão apresentados em Libras.

3. Os alunos devem andar aleatoriamente pela quadra, evitando os bambolês.

4. Quando as crianças virem o sinal predeterminado, deverão parar e aguardar o comando.

5. Quando virem o número 1, os alunos deverão procurar o bambolê mais próximo e colocar um apoio dentro dele.

6. Quando virem o número 2, os alunos deverão procurar o bambolê mais próximo e colocar um apoio dentro dele. E assim por diante.

Indicação de adaptação
Aluno com surdez.

Objetivo
Desenvolver o equilíbrio, ampliar a coordenação motora e o repertório de Libras dos alunos.

Material
Bambolês.

Espaço apropriado
Pátio, sala multiúso ou quadra poliesportiva.

7. Aguardar alguns instantes para que todos os alunos se acomodem na posição e, então, sinalizar com a bandeira para que voltem a andar em meio aos bambolês, até o próximo comando.

8. Não há vencedores nessa brincadeira, que se encerrará quando os alunos perderem o interesse ou o tempo predeterminado for atingido.

Números em Libras

1
2
3
4
5

69. Voo das borboletas

Objetivo
Aprimorar a coordenação motora ampla, a orientação espacial e a discriminação auditiva dos alunos.

Material
Garrafas PET recortadas, cheias de fitas de papel crepom de diferentes cores, e caixas de leite recortadas com o nome de cada um dos alunos.

Espaço apropriado
Pátio ou quadra poliesportiva.

Descrição do jogo

1. De um lado da quadra, ficam os alunos que serão as borboletas; do outro, as caixas de leite e as garrafas PET cheias de fitas de papel crepom colorido, que representarão as flores.

2. Cada aluno deve ter uma caixa com o seu nome ao lado da linha de largada.

3. Combinar com os alunos os valores para cada cor de papel crepom e os três diferentes comandos.

4. Ao som de uma palma, os alunos "borboletas" devem andar na ponta dos pés, batendo os braços em direção às "flores" para pegar as fitas coloridas, que representam o pólen.

5. Ao som de duas palmas, as crianças devem levar o pólen até suas flores (as caixinhas com os respectivos nomes).

6. Ao som do apito, os alunos devem se esconder debaixo de algum lugar que não chova, para não molhar suas asas.

7. Ganhará a brincadeira o aluno que tiver conseguido armazenar mais pólen em sua flor.

Curiosidade
Depois de a lagarta se transformar em borboleta, ela vive em média 15 dias e pode chegar a pesar no máximo 3 gramas. Existem mais de 200 mil tipos de borboletas no mundo, mas somente 120 mil foram catalogados.

Adaptação – Voo das borboletas

Descrição do jogo

1. O professor deve posicionar-se na quadra de modo que fique visível para todos os alunos. Caso seja possível, ele pode ficar em algum lugar um pouco mais alto, como em cima de uma cadeira.

2. De um lado da quadra, ficam os alunos que serão as borboletas; do outro, as caixas de leite e as garrafas PET cheias de fitas de papel crepom colorido, que representarão as flores.

3. Cada aluno deverá ter uma caixa com o seu nome, a qual ficará ao lado da linha de largada.

4. Combinar com os alunos os valores para cada cor de papel crepom e os três diferentes comandos, avisando-os de que todos serão visuais.

5. Quando virem o cartão azul, os alunos "borboletas" deverão andar na ponta dos pés, batendo os braços em direção às "flores" para pegar as fitas coloridas (o pólen).

Indicação de adaptação
Aluno com surdez.

Objetivo
Aprimorar a coordenação motora e ampliar a orientação espacial dos alunos.

Material
Garrafas PET recortadas, cheias de fitas de papel crepom de diferentes cores, caixas de leite recortadas com o nome de cada um dos alunos e cartões de cores (ou bandeiras) feitos com papel-cartão.

Espaço apropriado
Pátio ou quadra poliesportiva.

6. Quando virem o cartão vermelho, as crianças deverão levar o pólen até suas flores (as caixinhas com os respectivos nomes).

7. Quando virem o cartão preto, os alunos deverão se esconder debaixo de algum lugar em que não "chova", para não molhar suas asas.

8. Ganhará a brincadeira o aluno que tiver conseguido armazenar mais pólen em sua flor.

Variação

É um jogo bem interessante também para ser feito em equipes. Nessa variação, cada uma terá sua respectiva caixinha.

PARA QUEBRAR A CUCA...

70. A coisa tem a cor...

Objetivo
Aprimorar a percepção visual e a atenção dos alunos.

Material
Objetos escolares diversos.

Espaço apropriado
Sala de aula.

Descrição do jogo

1. Espalhar diversos objetos coloridos pela sala de aula e orientar os alunos a se sentarem em roda.
2. Sentar-se também na roda e dizer para os alunos: "A coisa tem a cor... amarela!".
3. Então, um a um, os alunos deverão dizer o nome de coisas amarelas que estejam na sala.
4. O aluno que descobrir qual foi o objeto escolhido pelo condutor da atividade será o próximo a escolher a cor, e assim sucessivamente.
5. A brincadeira terminará quando todos os alunos tiverem participado.

Curiosidade
Da decomposição da luz, temos as sete cores do arco-íris, e a mistura delas resulta no branco. O preto não é considerado cor, pois é o resultado da ausência de todas as cores. Elas são classificadas como primárias, secundárias e terciárias. Trabalhar com os alunos a mistura das cores pode levar a um melhor entendimento desses três conceitos relacionados a elas.

A coisa tem a cor...

Descrição do jogo

1. Espalhar objetos diversos e coloridos pelo local onde acontecerá a brincadeira.

2. Dividir a turma em grupos de cinco alunos, que deverão sentar-se em roda.

3. Entregar uma folha de papel sulfite e um lápis para cada um dos grupos.

4. Dizer para os alunos: "A coisa tem a cor... amarela!".

5. Cada um dos grupos deve fazer uma lista dos objetos amarelos que estão vendo no momento.

6. Ao término do tempo estipulado, os grupos deverão ler suas listas.

7. Para cada coisa escolhida por um único grupo, serão marcados dez pontos.

8. Se mais de um grupo marcar o mesmo item, este valerá cinco pontos.

9. Quando os alunos perderem o interesse ou o tempo predeterminado for atingido, será feita a contagem de pontos.

10. A equipe que marcar mais pontos será a vencedora.

Indicação de adaptação
Aluno com deficiência intelectual.

Objetivo
Aprimorar a atenção, estimular o trabalho em equipe e favorecer a alfabetização dos alunos.

Material
Papel sulfite e lápis.

Espaço apropriado
Quadra poliesportiva, sala multiúso ou pátio.

Observação
Combinar o tempo que será dado para os alunos desenvolverem suas listas. Esse prazo deverá ser calculado de acordo com o nível de alfabetização da turma (quanto mais avançado, menor o tempo).

"A COISA
TEM A COR...
AMARELA!"

Adivinhem que animal eu sou

Objetivo
Estimular a atenção dos alunos.

Material
Nenhum.

Espaço apropriado
Sala de aula, pátio ou quadra poliesportiva.

Descrição do jogo

1. Um aluno é escolhido para iniciar a brincadeira e fica no meio da roda.

2. O aluno escolhido pensa em um animal. Os outros, cada um na sua vez, fazem perguntas tentando adivinhar qual foi o animal escolhido, e as respostas podem ser somente sim ou não.
É possível que sejam feitas, dentre outras, as seguintes perguntas:
– Você pode voar?
– Você é mamífero?
– Você tem pelos?

3. Na sua vez, cada aluno tem o direito de arriscar o nome de um animal.

4. Aquele que responder corretamente à pergunta deverá pensar em outro animal, e os demais alunos tentarão adivinhar o bicho escolhido.

5. A brincadeira terminará quando os alunos perderem o interesse ou quando todos já tiverem participado.

Variação
Nesta brincadeira, o animal a ser adivinhado poderá ser substituído por personalidades da História, de acordo com o conteúdo curricular.

Sugestão
É possível fazer pesquisas e cartazes com os alunos a respeito dos animais citados na brincadeira.

Adaptação – Adivinhem que animal eu sou

Descrição do jogo

1. Um aluno é escolhido para iniciar a brincadeira.

2. O aluno escolhido sorteia a ficha de um animal. Os demais, cada um na sua vez, fazem perguntas tentando adivinhar qual foi o animal sorteado, e as respostas podem ser somente sim ou não. É possível que sejam feitas, dentre outras, as seguintes perguntas:

   – Você pode voar?
   – Você é mamífero?
   – Você tem pelos?

3. Na sua vez, cada aluno tem o direito de arriscar o nome de um animal.

4. Quando o animal for descoberto, será mostrada a ficha com a imagem dele. Então, o aluno que conseguiu adivinhar sorteará outro animal.

5. A brincadeira terminará quando os alunos perderem o interesse ou quando todos já tiverem participado.

Indicação de adaptação

Aluno com deficiência intelectual.

Objetivo

Estimular a atenção e desenvolver o trabalho em grupo entre os alunos.

Material

Fichas com desenhos de animais.

Espaço apropriado

Sala de aula ou sala multiúso.

Observação

Utilizar as fichas com desenhos de animais nessa atividade voltada para alunos com deficiência intelectual, além de auxiliá-los a conhecer e identificar a figura, propicia um aumento do repertório de imagens e características de animais que essas crianças conhecem.

Anexo

As figuras para as fichas encontram-se nos anexos.

12. Alguém conhece?

Objetivo
Estimular a atenção auditiva e a memória.

Material
Uma placa com os nomes dos estados brasileiros escritos em azul e, em vermelho, fichas individuais com as respectivas capitais.

Espaço apropriado
Sala de aula.

Descrição do jogo

1. Distribuir aos alunos, que devem estar sentados em seus lugares, uma ficha com o nome da capital de um estado brasileiro.

2. Escolher um aluno aleatoriamente. Ele deverá dirigir-se para a frente da sala de aula e perguntar em voz alta o nome de uma capital do Brasil: "Alguém conhece alguém que more na capital do Rio Grande do Sul?".

3. O aluno que estiver com a ficha da capital do estado mencionado deverá levantá-la e dizer: "Eu moro em Porto Alegre". Em seguida, deverá escolher o nome de outro estado na placa fixada na lousa, e fará a mesma pergunta, adequando-a ao local escolhido.

4. Assim a atividade segue sucessivamente, até que todos tenham participado.

Variação
Dependendo da idade das crianças, pode-se utilizar o nome dos criadores de grandes inventos, o nome de autores de livros e suas respectivas obras, e até tabuadas.

Acre	Rio Branco	**Maranhão**	São Luís	**Rio de Janeiro**	Rio de Janeiro
Alagoas	Maceió	**Mato Grosso**	Cuiabá	**Rio Grande do Norte**	Natal
Amapá	Macapá	**Mato Grosso do Sul**	Campo Grande	**Rio Grande do Sul**	Porto Alegre
Amazonas	Manaus	**Minas Gerais**	Belo Horizonte	**Rondônia**	Porto Velho
Bahia	Salvador	**Pará**	Belém	**Roraima**	Boa Vista
Ceará	Fortaleza	**Paraíba**	João Pessoa	**Santa Catarina**	Florianópolis
Distrito Federal	Brasília	**Paraná**	Curitiba	**São Paulo**	São Paulo
Espírito Santo	Vitória	**Pernambuco**	Recife	**Sergipe**	Aracaju
Goiás	Goiânia	**Piauí**	Teresina	**Tocantins**	Palmas

Adaptação – Alguém conhece?

Descrição do jogo

1. Dividir os alunos em duas turmas. Os integrantes da equipe A receberão cartelas com o nome dos estados brasileiros, e serão dadas à equipe B cartelas com o nome das respectivas capitais.

2. Sortear um estado e perguntar à equipe A se o conhece: "Quem conhece Santa Catarina?".

3. Então, o aluno que estiver com a cartela do estado, deverá chamar a respectiva capital: "Sim, eu conheço Santa Catarina, mas preciso saber quem conhece Florianópolis".

4. O aluno que tiver a cartela com o nome da capital chamada responde: "Eu conheço Florianópolis, e agora quero conhecer... (então o aluno diz o nome de outro estado)".

5. Assim, a brincadeira segue até que todos os alunos tenham participado.

Indicação de adaptação
Aluno com deficiência intelectual.

Objetivos
Aprimorar a memória e estimular o trabalho em equipe.

Material
Cartelas com os nomes dos estados brasileiros e cartelas com os nomes das respectivas capitais.

Espaço apropriado
Sala de aula.

Observação
Quando necessário, o aluno com deficiência intelectual poderá receber auxílio dos parceiros de equipe.
É importante trabalhar com as crianças as capitais e os estados brasileiros antes da brincadeira. Nas primeiras vezes em que o jogo é realizado, pode-se até confeccionar um cartaz para auxiliar a memorização das informações. Depois de algumas rodadas realizadas com sucesso, o cartaz com o nome dos estados poderá ser trocado por um mapa do Brasil que contenha somente as siglas dos estados, até que não seja mais necessário nenhum tipo de pista visual.

73. Barata assustada

Objetivo
Estimular a coordenação motora ampla, a discriminação auditiva e a atenção dos alunos.

Material
Uma bola e um apito.

Espaço apropriado
Pátio ou quadra poliesportiva.

Descrição do jogo

1. Em pé, todos os alunos formam uma roda, e um deles segura a bola.

2. Ao ouvir o apito, o aluno que estiver com a bola deverá passá-la rapidamente para quem está ao seu lado, direito ou esquerdo, e ela continuará sendo repassada pelos demais na mesma direção que começou.

3. Ao próximo sinal, a direção da bola é mudada imediatamente. Assim, se estava indo para a direita, deverá ir para a esquerda e vice-versa.

4. Se, ao ouvir o sinal, o aluno que estiver com a bola não mudar a direção, deverá sair da roda e aguardar sentado o final da brincadeira.

5. Serão os vencedores os dois últimos participantes que ficarem na roda.

Variação
Podem ser feitas bolas de meia em conjunto com os alunos. Para isso, basta ter um pouco de areia, um saco plástico e uma meia. Coloque uma porção de areia dentro do saco plástico e envolva-o com a meia. Quanto mais redonda ela ficar, melhor.

Adaptação – Barata assustada

Descrição do jogo

1. Em pé, todos os alunos formam uma roda, e um deles segura a bola. É importante para o aluno com cegueira identificar, antes do início da atividade, qual colega está à sua direita e qual está à sua esquerda.

2. Ao ouvir o apito, o aluno que tem a bola com guizo deverá passá-la rapidamente para quem está ao seu lado, direito ou esquerdo, e ela continuará sendo repassada pelos demais na mesma direção que começou.

3. Ao próximo sinal, a direção da bola é mudada imediatamente. Assim, se estava indo para a direita, deverá ir para a esquerda e vice-versa.

4. Se, ao ouvir o sinal, o aluno que estiver com a bola não mudar a direção, deverá sair da roda e aguardar sentado o final da brincadeira.

5. Serão os vencedores os dois últimos participantes que ficarem na roda.

Variação

Para o aluno com cegueira perceber que a bola está chegando perto, cada um pode falar o próprio nome no momento que a receber. Assim, o aluno com cegueira reconhecerá a aproximação da bola.

Indicação de adaptação
Aluno com cegueira.

Objetivo
Aprimorar a coordenação motora e a agilidade, estimular a atenção e desenvolver a percepção auditiva dos alunos.

Material
Apito e bola com guizo.

Espaço apropriado
Pátio, quadra poliesportiva ou sala multiúso.

Observação
A fim de orientar melhor o aluno com cegueira, é interessante anunciar cada vez que um aluno sair e indicar quantos ainda estão participando da brincadeira.

74. Batata quente

Objetivo
Estimular a agilidade, o ritmo e a percepção auditiva dos alunos.

Material
Bola de borracha ou de meia.

Espaço apropriado
Pátio, quadra poliesportiva ou sala de aula com as carteiras afastadas.

Descrição do jogo

1. Os alunos formam uma roda, sentados ou em pé.
2. Um aluno escolhido aleatoriamente fica fora da roda, de costas para ela ou com os olhos vendados, dizendo: "Batata quente, quente, quente... queimou!".
3. A quantidade de vezes que é dita a palavra "quente" fica à escolha do aluno que está fora da roda.
4. Enquanto isso, os demais deverão passar a bola de mão em mão até ouvirem a palavra "queimou".
5. Aquele que estiver com a bola nesse momento deverá sair da roda e poderá ocupar o lugar do aluno que estava de fora.
6. A brincadeira continua até que reste somente um aluno, que será o vencedor.

Variação
É possível também que o participante fora da roda simplesmente grite "*hot*", e nesse momento quem estiver com a bola sai do jogo.

Curiosidade
Nos Estados Unidos, a brincadeira é conhecida como *hot potato*, e também como *wonder ball*.

Adaptação – Batata quente

Descrição do jogo

1. Os alunos formam uma roda e se sentam no chão.

2. Um aluno escolhido aleatoriamente fica fora da roda, de costas para ela (mas no campo de visão da criança com surdez) e com uma bola nas mãos, dizendo: "Batata quente, quente, quente... queimou!".

3. A quantidade de vezes que é dita a palavra "quente" fica à escolha do aluno que está fora da roda. Ao dizer "queimou", a criança deverá arremessar a bola no centro da roda, na direção do chão.

4. Enquanto isso, os demais devem passar a bola de mão em mão até ouvirem a palavra "queimou", ou, no caso do aluno com surdez, até ele ver a bola sendo lançada no meio da roda. Quem estiver com a bola nesse momento sairá da brincadeira.

5. Aquele que pegar a bola arremessada ficará uma rodada com imunidade, ou seja, não poderá sair do jogo.

6. A brincadeira continua até que reste somente um jogador, que será o vencedor.

Variação

Em vez de sair da brincadeira, a criança que for "queimada" pode pagar uma prenda.

Indicação de adaptação

Aluno com surdez.

Objetivo

Desenvolver a atenção e estimular a agilidade dos alunos.

Material

Bolas de borracha.

Espaço apropriado

Pátio, quadra poliesportiva ou sala de aula com as carteiras afastadas.

Sugestão

É válido que um adulto seja a primeira pessoa a conduzir a brincadeira, para que todos compreendam a nova forma de brincar. Para o aluno com surdez ter a mesma oportunidade dos demais, é importante que seja usada a bola que é jogada no centro da roda, pois assim ele realizará a localização visual, enquanto as outras crianças fazem uma localização auditiva.

75. Bumerangue

Objetivo
Aprimorar a coordenação visomotora e a habilidade de arremesso dos alunos.

Material
Um bumerangue para cada aluno.

Espaço apropriado
Campo, parque, pátio ou quadra poliesportiva.

Descrição do jogo

1. Cada aluno deverá ter um bumerangue.
2. A brincadeira consiste em lançar o bumerangue e buscá-lo depois.
3. A atividade terminará quando os alunos perderem o interesse.

Importante
Os alunos devem explorar o máximo possível o brinquedo e buscar formas diferentes de arremessá-lo e de brincar com os colegas. Entre as opções, estão competir para verificar quem arremessa mais longe, lançar em direção a um alvo ou utilizar formas diferentes de pegada (e verificar a qual delas o aluno se adapta melhor).
Tipos de pegada:

- mão esquerda;
- mão direita;
- pelas costas;
- eagle-catch;
- hacky-catch;
- tunnel-catch;
- com uma das mãos por baixo da perna;
- com uma das mãos nas costas;
- foot-catch.

MÃO ESQUERDA MÃO DIREITA PELAS COSTAS

HACKY-CATCH

TUNNEL-CATCH

EAGLE-CATCH

COM UMA DAS MÃOS POR BAIXO DA PERNA

COM UMA DAS MÃOS NAS COSTAS

FOOT-CATCH

Adaptação – Bumerangue

Descrição do jogo

1. Organizar os alunos em duplas. Cada uma deverá ter um bumerangue.
2. A brincadeira consiste em lançar o bumerangue e buscá--lo depois, intercalando o lançador e quem vai buscar.
3. Trocar a composição das duplas de tempos em tempos.
4. A atividade terminará quando os alunos perderem o interesse.

Indicação de adaptação
Aluno com deficiência intelectual.

Objetivo
Aprimorar a coordenação motora, ampliar o equilíbrio e estimular a concentração dos alunos.

Material
Um bumerangue para cada dupla.

Espaço apropriado
Espaço aberto ou quadra poliesportiva.

Anexo
Um molde de bumerangue encontra-se nos anexos. Ele pode ser confeccionado, por exemplo, com uma capa de caderno que não é mais usado ou com papelão. Palitos de sorvete podem ser colados no verso do bumerangue para aumentar a resistência deste, e cada aluno pode estilizar o seu.

Importante
Devem ser demonstrados para os alunos com deficiência intelectual exemplos de formas diferentes de jogar. Se necessário, fazer o passo a passo com ele. Essa criança precisa ter suas conquistas valorizadas; por esse motivo, brincar em duplas e pequenos grupos é fundamental.

76. Caça aos pássaros

Objetivo
Aprimorar a percepção auditiva e a atenção dos alunos.

Material
Apitos e papéis com senhas.

Espaço apropriado
Pátio ou quadra poliesportiva.

Descrição do jogo

1. Alguns alunos são escolhidos para serem os "pássaros", e os demais são os "colecionadores".

2. Os alunos "pássaros" recebem apitos e pedaços de papel com senhas, as quais podem ser números, nomes de pássaros, etc.

3. Os colecionadores formam grupos de três ou quatro alunos.

4. Os colecionadores saem em busca dos pássaros, atentando-se para os sons reproduzidos por eles.

5. Assim que o colecionador encontrar um pássaro, o grupo receberá um papel com uma senha.

6. A equipe retornará para a "base" somente quando conseguir todas as senhas correspondentes.

7. Vencerá a equipe que encontrar primeiro todos os pássaros, recebendo deles todas as senhas, e apresentá-las ao orientador.

Variações
Os apitos poderão ser substituídos por estímulos visuais ou até mesmo olfativos, caso trocados por essências aromáticas.
Pode ser estabelecido que os números devem ser encontrados em ordem, sendo que só poderá receber a senha de número 2 o aluno que apresentar a de número 1, e assim por diante. Nessa sequência, pode ser inserido também o "gavião", um aluno que, se encontrado pelos participantes, tomará deles todas as senhas já obtidas e obrigará a equipe a reiniciar a brincadeira sem nenhuma senha.

Sugestão
Esta atividade pode ter como finalidade encorajar as crianças a fazer uma grande pesquisa sobre os pássaros e incentivá-las inclusive a confeccionar um cartaz sobre os animais.

Adaptação – Caça aos pássaros

Descrição do jogo

1. Alguns alunos são escolhidos para serem os "pássaros", e os demais são divididos em duas equipes.
2. Os alunos "pássaros" receberão apitos e pedaços de papel com senhas, as quais podem ser números, nomes de pássaros, etc.
3. As equipes saem em busca dos pássaros a partir da percepção dos sons reproduzidos por eles.
4. Os alunos precisam andar sempre em grupo para encontrar o pássaro, pois ele entregará a senha somente se todos os membros estiverem juntos.
5. A equipe só poderá retornar para a base após ter cada uma das senhas.
6. Vencerá a equipe que se apresentar completa depois de conseguir todas as senhas.

Indicação de adaptação
Aluno com cegueira.

Objetivo
Desenvolver a percepção auditiva, estimular o trabalho em equipe e favorecer a segurança no deslocamento dos alunos.

Material
Apitos e papéis com senhas.

Espaço apropriado
Quadra poliesportiva, pátio ou sala de aula.

Sugestão
Cada pássaro poderá ter uma palavra em cada senha, que, reunidas, devem formar uma frase. Os integrantes da equipe deverão andar sempre de mãos dadas.
Para entregar a senha, o pássaro pode pedir à equipe algo em troca (cantar uma música, dançar, dar dez pulinhos, declamar um poema, etc.).

Importante
A partir do som feito pelos colegas, o aluno com cegueira saberá a distância a que eles estão, bem como se estão se locomovendo, e o fato de estarem em grupos facilitará o deslocamento desse aluno pelo espaço. É preciso fazer com o aluno com cegueira o reconhecimento do espaço antes de iniciar a brincadeira.

Capitão

Objetivo
Desenvolver a coordenação motora ampla, a orientação espacial, a atenção, a linguagem e a discriminação auditiva.

Material
Fita-crepe e cadeira.

Espaço apropriado
Pátio ou quadra poliesportiva.

Descrição do jogo

1. Marcar no chão da quadra uma linha com fita-crepe.

2. Os alunos que forem colocados em pé sobre a marca da fita-crepe serão os marujos.

3. Um deles será o capitão e deve ficar em cima de uma cadeira ou de um banco, de frente para a linha marcada no chão.

4. Os espaços ao redor da fita serão, de um lado, o mar, e, do outro, a terra firme.

5. Os marujos deverão obedecer às ordens do capitão, que poderão ser, por exemplo:
   – Ao mar, pulando num pé só.
   – Em terra, batendo palmas.
   – Ao mar, dando piruetas.

6. Cada capitão deverá dar três ordens e, em seguida, trocar de lugar com um marujo.

7. A brincadeira continua até que os alunos percam o interesse.

Importante
Brincadeiras que inspirem o imaginário das crianças são um grande estímulo para o seu desenvolvimento. Quando se trata de alunos da Educação Infantil, existe a necessidade de utilizar alguns acessórios (um chapéu, uma capa ou mesmo um broche, por exemplo) para que os alunos assimilem melhor os papéis a eles atribuídos. Já no caso de crianças maiores, do Ensino Fundamental, o simples fato de alguém nomeá--las com o título de capitão, marujo, ou outro qualquer, faz que elas incorporem as atitudes dos personagens. Algumas chegam até a mudar de voz e personalidade nesse momento.

Adaptação – Capitão

Descrição

1. A brincadeira terá as mesmas regras e configurações da forma original descrita anteriormente.

2. O capitão ficará em cima de uma cadeira ou de um banco, para que possa ser visto por todos os participantes.

Indicação de adaptação
Aluno com surdez.

Objetivo
Aprimorar a coordenação motora, desenvolver noção espacial e estimular a comunicação em Libras.

Material
Fita-crepe ou corda comprida e cadeira.

Espaço apropriado
Sala de aula ou sala multiúso.

3. As áreas "mar" e "terra firme" podem ser marcadas com um cartaz colocado no chão.

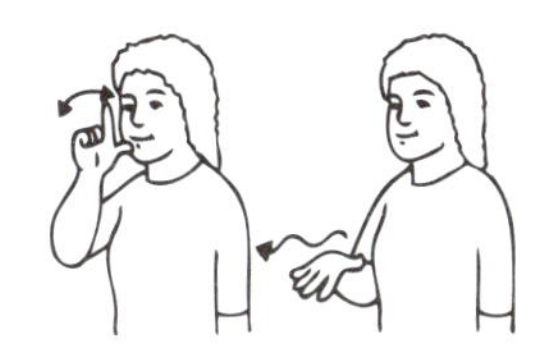

MAR

TERRA

4. Quando os marujos estiverem posicionados diante do capitão, deverão ficar atentos às ordens que ele dará em Libras.

"Ao mar, correndo."

"Em terra, andando."

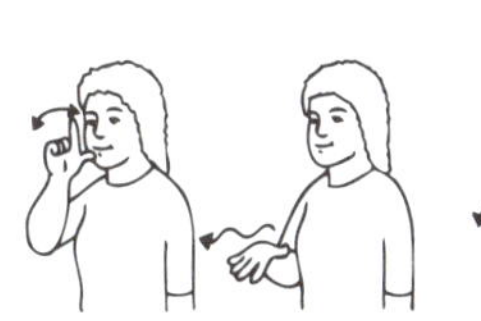

"Ao mar, pulando."

"Ao mar, parados."

78. Cesto de frutas

Objetivo
Aprimorar a atenção e a agilidade dos alunos.

Material
Nenhum.

Espaço apropriado
Pátio ou quadra poliesportiva.

Descrição do jogo

1. Todos os alunos formam uma roda e se sentam.
2. Cada aluno escolhe a fruta que representará. É importante que elas não sejam repetidas.
3. Um aluno, que será sorteado, deverá ir até o centro da roda e falar: "Passou por aqui um fruteiro que levava no cesto banana e uva".
4. Aqueles que representam banana e uva devem imediatamente mudar de lugar, e o aluno do centro tentará sentar em um dos lugares vagos.
5. O aluno que permanecer em pé ficará no centro da roda para mais uma ordem do fruteiro, que dirá o nome de outras frutas.
6. A brincadeira não tem vencedor e poderá ser encerrada quando todos tiverem participado ou quando os alunos perderem o interesse.

Variação

O aluno do centro da roda pode dizer: "O cesto virou!" ou "Passou por aqui um fruteiro que levava no cesto uma salada de frutas".

Ao ouvirem essas ordens, todos os alunos deverão trocar de lugar.

Lista de Frutas

Abacate	Jabuticaba
Abacaxi	Jaca
Açaí	Kiwi
Acerola	Laranja
Ameixa	Lima
Amêndoa	Limão
Amora	Maçã
Avelã	Mamão
Banana	Manga
Cacau	Mangaba
Cajá	Maracujá
Caju	Marmelo
Caqui	Melancia
Carambola	Melão
Cereja	Morango
Coco	Pera
Damasco	Pêssego
Figo	Pitanga
Framboesa	Tamarindo
Fruta-do-conde	Umbu
Goiaba	Uva

Adaptação – Cesto de frutas

Descrição do jogo

1. Confeccionar os cartões colando figuras de frutas em cartolina. Os alunos deverão estar sentados em roda e sortear a fruta que irão representar.

2. Cada fruta será representada por dois alunos, de modo que haja duas laranjas, duas bananas e duas maçãs, por exemplo.

3. Cada aluno da roda deve estar com um cartão em que esteja escrito o nome de uma fruta.

4. No centro da roda, colocar um cesto com cartões que contenham as figuras das frutas.

5. Um aluno dará início ao jogo no centro da roda. Ele irá escolher dois cartões e dizer: "Passou por aqui um fruteiro que levava no cesto banana e uva". Nesse momento, deverá mostrar o cartão do desenho da banana e o da uva.

6. Aqueles que estiverem com os cartões dessas frutas deverão imediatamente mudar de lugar, e o aluno do centro tentará sentar em um dos lugares vagos.

7. Quem permanecer em pé ficará no centro da roda para mais uma ordem do fruteiro.

Indicação de adaptação
Aluno com surdez.

Objetivo
Estimular a atenção e desenvolver a consciência corporal dos alunos.

Material
Cartões com desenhos de frutas (em quantidade suficiente para que cada fruta seja representada por dois alunos; se houver 24 alunos, por exemplo, serão necessárias 12 frutas) e papéis com o nome delas (dois papéis com o nome de cada fruta).

Espaço apropriado
Pátio ou quadra poliesportiva.

8. A brincadeira não tem vencedor e poderá ser encerrada quando todos tiverem participado ou quando os alunos perderem o interesse.

Variações
Podem ser confeccionados cartões com imagens de animais, brinquedos, siglas de estados ou ainda com outros temas.
Os cartões podem ser substituídos por sinais de Libras.

79. Cinco Marias

Objetivo
Estimular a coordenação motora, a destreza e a agilidade dos alunos.

Material
Cinco pedrinhas arredondadas ou cinco saquinhos de tecido cheios de areia para cada dupla (os alunos podem decorar esses saquinhos, pintando neles um rosto para simbolizar as "cinco Marias").

Espaço apropriado
Sala de aula, pátio ou quadra poliesportiva.

Descrição do jogo

1. Os alunos se sentam no chão, em duplas.

Primeira fase

2. Um dos participantes joga as cinco pedrinhas para o alto e deixa que elas caiam aleatoriamente no chão.

3. Então, ele pega uma das pedrinhas e joga-a para o alto, enquanto pega rapidamente outra que está no chão.

4. Em seguida, com o dorso da mão que estiver segurando a pedrinha, o aluno deve aparar aquela que está no ar e, em seguida, colocá-la de lado.

5. O aluno deve fazer esse processo até que todas as pedrinhas sejam pegas.

Segunda fase

6. O participante joga as cinco pedrinhas para o alto e deixa que elas caiam aleatoriamente no chão.

7. Então, ele pega uma das pedrinhas e joga-a para o alto, enquanto pega rapidamente duas que estão no chão.

8. Em seguida, com o dorso da mão que estiver segurando as duas pedrinhas, deve aparar aquela que está no ar.

9. Descartar as duas pedrinhas pegas e fazer o mesmo processo com as demais.

Terceira fase

10. O participante repete o mesmo processo anterior, só que, desta vez, pega três pedrinhas de uma só vez.

11. Em seguida, repete o procedimento, pegando quatro pedrinhas.

12. Se um dos jogadores deixar cair a pedrinha ou não conseguir pegar as que estão no chão, passará a vez para o próximo. Quando for sua vez de novo, retomará da fase na qual errou.

13. Ganhará o participante que finalizar primeiro todas as fases.

Adaptação – Cinco Marias

Descrição do jogo

1. As regras devem ser seguidas conforme a brincadeira original.

2. Para o aluno com cegueira, devem ser confeccionados saquinhos sonoros que, ao serem movimentados, indiquem a direção em que estão.

3. As outras crianças podem ser vendadas quando estiverem jogando com o aluno com cegueira para haver uma equiparação de oportunidades entre todos.

Indicação de adaptação
Aluno com cegueira.

Objetivo
Ampliar a coordenação motora e estimular a percepção auditiva dos alunos.

Material
Cinco saquinhos de tecido cheios de areia e guizos de metal.

Espaço apropriado
Sala multiúso, quadra poliesportiva, pátio ou área livre.

4. Durante a brincadeira, é importante privilegiar o silêncio absoluto para que ocorra a percepção auditiva.

Observação
Durante a confecção dos saquinhos, colocar pequenos guizos dentro de cada um.

80. Come-come

Objetivo
Desenvolver a agilidade, o equilíbrio, a atenção e a orientação espaçotemporal dos alunos.

Material
Giz ou fita-crepe.

Espaço apropriado
Quadra poliesportiva, pátio ou espaço amplo.

Descrição do jogo

1. Os alunos devem estar em pé em determinados pontos de uma linha demarcada no chão.
2. Um aluno é escolhido para ser o pegador, e os demais são os fugitivos.
3. Os alunos devem andar somente em cima das linhas, sem correr, nem pular.
4. O pegador vai andando até encostar a mão em um dos fugitivos.
5. Nesse momento, o fugitivo se transforma em pegador; e este, em fugitivo.
6. O novo pegador deve avisar os demais participantes, dizendo: "Está comigo".
7. O jogo terminará quando todos tiverem sido o pegador ou quando os alunos perderem o interesse.

Sugestão
Se a atividade for realizada em uma quadra poliesportiva, poderão ser usadas as linhas já marcadas. No caso de não ser um espaço com linhas determinadas, o condutor da atividade pode riscar o chão com giz ou colocar fita-crepe em linhas que se cruzam em determinados espaços. A ideia é reproduzir o famoso jogo de videogame Pac-man.

Variação
Assim que o pegador encostar a mão no fugitivo, o aluno começa a ajudá-lo na sua tarefa de apanhar os outros.

Curiosidade
O cenário do Pac-man, jogo idealizado em 1980, é um labirinto cheio de fantasmas que querem devorar uma personagem em forma de "carinha". O idealizador criou esse jogo eletrônico quando estava comendo: a ideia surgiu a partir de uma pizza sem um dos pedaços (o espaço deixado pelo pedaço representa a boca do Pac-man).

Adaptação – Come-come

Descrição do jogo

1. A estrutura do jogo original não precisa ser modificada. A ideia é transformar o famoso jogo de videogame Pac-man em um jogo real.

2. A diferença se dá no modo de se locomover pelo percurso: as crianças podem deslocar-se engatinhando.

3. Os alunos podem engatinhar somente em cima das linhas demarcadas.

4. O jogo terminará quando todos tiverem sido o pegador ou quando os alunos perderem o interesse.

Indicação de adaptação
Aluno com deficiência física.

Objetivo
Desenvolver o domínio espacial, estimular a atenção e aprimorar a agilidade e o equilíbrio dos alunos.

Material
Giz ou fita-crepe.

Espaço apropriado
Quadra poliesportiva não áspera.

Sugestão
Conforme a especificidade das crianças, talvez engatinhar não seja o modo mais indicado de se locomover. Então, elas podem fazer o deslocamento de outras maneiras: sentadas, em cadeira de rodas ou em duplas.

O aluno pegador pode utilizar um colete de identificação ou uma braçadeira colorida.

As crianças do grupo podem auxiliar na definição do modo de locomoção.

81. De volta ao lugar

Objetivo
Estimular a atenção, a velocidade e a agilidade dos alunos.

Material
Duas bexigas com cores diferentes.

Espaço apropriado
Pátio ou quadra poliesportiva.

Descrição do jogo

1. Dividir os alunos em duas equipes com o mesmo número de participantes.

2. Os integrantes de cada equipe devem fazer uma fila e sentar-se um ao lado do outro. Então, eles serão numerados de forma sequencial.

3. Os grupos devem sentar-se frente a frente, de modo que o último integrante da equipe A fique na frente do primeiro integrante da equipe B.

4. Ao centro, colocar duas bexigas coloridas. A amarela, por exemplo, pode pertencer à equipe A; e a vermelha, à equipe B (isso deverá ser combinado antes de o jogo iniciar). A disposição dos alunos deve ser feita conforme o esquema abaixo:

Equipe A
1 2 3 4 5 6 7 8 9 10
Equipe B
10 9 8 7 6 5 4 3 2 1

5. Chamar um número aleatório, por exemplo: 9. Em ambas as equipes, os alunos que representarem o número 9 deverão levantar-se, correr ao centro da quadra para pegar a bexiga da sua equipe e voltar ao seu lugar.

6. O aluno que conseguir realizar a ação e sentar-se primeiro conquistará um ponto para sua equipe. Ganhará aquela que marcar mais pontos.

Variação
Se os alunos já tiverem domínio sobre as operações matemáticas, é válido propor uma conta cujo resultado será o número correspondente ao de um aluno. Pode-se dizer, por exemplo: "15 - 10", então, os alunos fazem a conta mentalmente, e aquele que representar o número 5 se desloca e pega a bexiga.

Importante
As atividades lúdicas podem ser desenvolvidas como forma de verificação de aprendizagem ou para explicar um novo conteúdo. Nessas atividades, os alunos se sentem mais à vontade e podem expor algo que em uma aula convencional não demonstrariam.

Adaptação – De volta ao lugar

Descrição do jogo

1. Dividir os alunos em duas equipes com o mesmo número de participantes.
2. Os integrantes de cada equipe devem fazer uma fila e sentar-se um ao lado do outro. Então, eles serão numerados de forma sequencial.
3. Os grupos devem sentar-se frente a frente, de modo que o último integrante da equipe A fique na frente do primeiro integrante da equipe B.
4. Ao centro, colocar duas bexigas coloridas. A amarela, por exemplo, pode pertencer à equipe A; e a vermelha, à equipe B (isso deverá ser combinado antes de o jogo iniciar).
5. Chamar um número aleatório, por exemplo: 8. Os alunos das duas equipes que representarem o número 8 deverão levantar-se, correr ao centro para pegar a bexiga da sua equipe e voltar ao seu lugar.
6. O aluno que conseguir realizar a ação e sentar-se primeiro conquistará um ponto para sua equipe. Ganhará aquela que marcar mais pontos.

Indicação de adaptação
Aluno com deficiência intelectual.

Objetivo
Aprimorar a coordenação motora, estimular a atenção e desenvolver a velocidade dos alunos.

Material
Duas bexigas com cores diferentes, etiquetas ou fita-crepe e cartela com números.

Espaço apropriado
Pátio ou quadra poliesportiva.

Variações

Os alunos podem receber uma cartela indicando o seu número. Ao anunciar o número, mostrar também uma cartela com o número escrito para que os alunos possam reconhecê-lo.

Os alunos poderão ser numerados com fita-crepe. Mostrar a cartela e simultaneamente anunciar o número que deverá ser levantado.

Os alunos podem ser divididos em duplas nas primeiras vezes em que a brincadeira for executada.

Os números podem ser substituídos por outros temas, como animais, cores, profissões e substantivos.

Observação
Para facilitar a locomoção, em vez de estarem sentados, os alunos poderão estar de pé.

É importante que a equipe do aluno com deficiência intelectual o auxilie no momento que seu número for chamado.

82. Dono da bola

Objetivo
Estimular a coordenação motora e a atenção visual dos alunos.

Material
Bolas e apito.

Espaço apropriado
Pátio ou quadra poliesportiva.

Descrição do jogo

1. Os alunos formam uma roda, e um deles deverá ficar no centro.
2. Três participantes recebem uma bola cada um.
3. Ao ouvirem o sinal dado com o apito, os três alunos que estiverem com as bolas deverão arremessá-las para outros participantes, de forma que o aluno do centro não consiga pegá-las.
4. Se o aluno do centro pegar a bola, trocará de lugar com o último que a jogou.
5. A brincadeira terminará quando todos tiverem participado.

Curiosidade
Esta brincadeira é o antigo "bobinho" e foi renomeada graças à tendência de os alunos se sentirem motivados a chamar os colegas dessa forma. Vale lembrar que, atualmente, qualquer atividade que incentive os alunos a praticar o bullying é considerada inadequada para o contexto escolar.

Adaptação – Dono da bola

Descrição do jogo

1. Os alunos formam uma roda, e um deles deve ficar no centro.

2. Um aluno da roda recebe uma bola com guizo.

3. Ao ouvir o sinal dado com o apito, quem tiver a bola com guizo deverá arremessá-la para outro participante, de forma que o aluno do centro não consiga pegá-la.

4. Se o aluno do centro pegar a bola, trocará de lugar com o último que a jogou.

5. A brincadeira terminará quando todos tiverem participado.

Indicação de adaptação
Aluno com cegueira.

Objetivo
Aprimorar a coordenação motora e desenvolver a velocidade e a agilidade dos alunos.

Material
Apito e bola com guizo.

Espaço apropriado
Pátio ou quadra poliesportiva.

Variação
A bola poderá ser rolada no chão para outro colega, em vez de arremessada pelo alto.

83. É proibido sorrir

Objetivo
Estimular a atenção dos alunos.

Material
Nenhum.

Espaço apropriado
Sala de aula, pátio ou quadra poliesportiva.

Descrição do jogo

1. Os alunos deverão estar em pé e formar uma roda.

2. Aquele que for escolhido para ficar no centro da roda deverá fazer caretas e palhaçadas, além de dar gargalhadas, tentando levar seus colegas a rir. É importante ressaltar que ele não poderá tocar nos demais de forma alguma.

3. O aluno que sorrir deverá sentar-se.

4. O último aluno a ficar em pé será o próximo a ir para o centro da roda.

5. A brincadeira continua até que todos tenham participado.

Sugestão
Assim como bocejar, rir é contagioso. Você já presenciou uma situação em que alguém estava gargalhando, e, sem saber o porquê, todos a sua volta também começaram a rir sem parar? Brinque de rir com os alunos. Às vezes, sem motivo nenhum, todos começam a sorrir um pouco timidamente e, quando menos percebem, estão gargalhando. Além de desestressar, essa ação promove o bem-estar entre todos.

Adaptação – É proibido sorrir

Descrição do jogo

1. Os alunos deverão ficar sentados em seus lugares na sala de aula.

2. Uma dupla de alunos é escolhida para ir à frente dos colegas.

3. Um outro participante é designado para ser o árbitro. Ele deverá se posicionar em um local onde tenha a visão de todos os alunos.

4. A dupla que estiver na frente deverá fazer caretas e palhaçadas, além de dar gargalhadas, tentando fazer seus colegas rirem.
É importante ressaltar que não poderão tocar nos demais de forma alguma.

Indicação de adaptação
Aluno com deficiência física.

Objetivo
Estimular o trabalho em parceria e desenvolver a concentração dos alunos.

Material
Nenhum.

Espaço apropriado
Quadra poliesportiva ou sala multiúso.

5. Conforme o jogo for acontecendo, o árbitro deverá indicar os alunos que estão rindo, e estes deverão abaixar a cabeça imediatamente.

6. Os dois últimos alunos que permanecerem com a cabeça levantada serão os próximos a ir para a frente da turma. E a brincadeira recomeça.

Variação

A atividade pode ser realizada no pátio, com as crianças em roda.

84. Equilíbrio nota 10

Objetivo

Aprimorar a coordenação motora e a noção de lateralidade dos alunos.

Material

Bastões.

Confecção do material

Serrar cabos de vassoura em pedaços de 45 centímetros de comprimento, lixá-los e pintá-los com tinta a óleo. Cada aluno pode participar da confecção final de seu próprio bastão.

Espaço apropriado

Pátio ou quadra poliesportiva.

Descrição do jogo

1. Os alunos se posicionam em roda na quadra, cada um com um bastão.
2. Os alunos devem realizar tarefas sugeridas, equilibrando o bastão.
3. Aquele que deixar o bastão cair será desclassificado e deverá sair da roda.
4. Ganhará a brincadeira o aluno que permanecer mais tempo na atividade sem derrubar o bastão.

Sugestões de tarefas de equilíbrio

colocar o bastão embaixo do queixo e bater palmas três vezes;

equilibrar o bastão na palma das mãos e rebolar;

colocar o bastão atrás dos joelhos e dar uma volta sem sair do lugar;

colocar o bastão embaixo das axilas e dançar uma música;

colocar o bastão em cima dos pés e manter-se nessa posição por 20 segundos.

Sugestão

O condutor da atividade pode realizar os movimentos para demonstrar às crianças como eles devem ser executados.

Curiosidade

O responsável pelo nosso equilíbrio é o labirinto, que fica na orelha interna. Esse órgão contém a cóclea (órgão da audição) e os canais semicirculares, os quais nos dão a percepção se estamos em pé, de ponta-cabeça, em movimento ou parados. As pessoas que têm labirintite apresentam tontura (falta de equilíbrio) por causa de uma desordem no labirinto.

Adaptação – Equilíbrio nota 10

Descrição do jogo

1. Os alunos se posicionam em pé, formando uma roda.

2. Cada um deve receber uma garrafa PET, que pode estar cheia de água ou vazia, dependendo das condições de movimento do aluno com deficiência física.

3. O condutor da atividade se posiciona no centro da roda e indica tarefas que os alunos deverão realizar equilibrando a garrafa PET (é interessante demonstrar os movimentos).
No decorrer da atividade, podem ser lançados desafios, tais como:
   - equilibrar a garrafa com o dorso das mãos;
   - andar equilibrando a garrafa na cabeça;
   - girar equilibrando a garrafa na palma da mão;
   - equilibrar a garrafa entre os joelhos.

4. A brincadeira terminará quando os alunos perderem o interesse.

Variações

Para estimular a participação dos alunos, dividir a classe em equipes e pedir para que cada uma crie uma forma de equilibrar a garrafa. Depois, os alunos a apresentam para os colegas.

O aluno com deficiência física poderá utilizar objetos que possam ser mais facilmente equilibrados.

Indicação de adaptação
Aluno com deficiência física.

Objetivo
Aprimorar a coordenação motora, desenvolver o equilíbrio e estimular a atenção dos alunos.

Material
Garrafa PET (600 ml).

Espaço apropriado
Pátio ou quadra poliesportiva.

Importante
Cada participante deverá ser avaliado individualmente. Se o aluno com deficiência física não conseguir fazer a atividade, poderão ser colocadas faixas para ajudá-lo a manter a garrafa em sua mão.

Mais importante do que alcançar movimentos perfeitos, é permitir que todos os alunos participem, ou seja, que ninguém deixe de fazer parte da atividade por causa de alguma limitação.

85. Eu me apresento assim

Objetivo
Desenvolver a coordenação motora e a memória dos alunos.

Material
Nenhum.

Espaço apropriado
Sala de aula, pátio ou quadra poliesportiva.

Descrição do jogo

1. Os alunos se sentam em roda.

2. Um aluno é escolhido para iniciar a brincadeira dizendo: "Eu me chamo (nome do aluno) e me apresento assim (o aluno faz um movimento escolhido por ele, como bater palmas, mexer no cabelo, dar uma volta ao redor de si mesmo ou dar uma cambalhota)".

3. O próximo aluno deve dizer: "Ele se chama (nome do primeiro aluno a se apresentar) e se apresenta assim (o aluno repete a saudação que o primeiro escolheu). Eu me chamo (nome do aluno) e me apresento assim (o aluno faz outra ação diferente da primeira)". Esse procedimento acontece sucessivamente.

4. A brincadeira continua até que todos os alunos tenham se apresentado.

Sugestão
É interessante realizar esta brincadeira nos primeiros dias de aula, pois ela ajuda as crianças a decorarem o nome dos colegas e contribui para a socialização dos alunos novos.
Um microfone de brinquedo pode ser produzido com os alunos, que podem usá-lo para se apresentar. O objeto pode ser feito de rolo de papel higiênico e bolinha de desodorante roll-on, e os alunos podem decorar o microfone da maneira que desejarem.

Adaptação – Eu me apresento assim

Descrição do jogo

1. Os alunos se sentam em roda.

2. Antes de iniciar a brincadeira, todos os alunos deverão aprender a datilologia (usando as letras do alfabeto manual) do próprio nome.

3. Um aluno é escolhido para iniciar a brincadeira dizendo:

"Eu me chamo  (o aluno faz a datilologia do próprio nome) e me apresento assim (o aluno faz um movimento escolhido por ele, como bater palmas, mexer no cabelo, dar uma volta ao redor de si, dar uma cambalhota, etc.)". Todos os alunos devem repetir o movimento.

4. O próximo aluno deve dizer: "Eles se apresentam assim

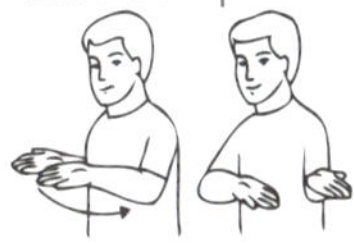

(o aluno repete o movimento feito pelos alunos)". E somente depois é que ele se apresenta: "Eu me chamo (o aluno faz a datilologia do próprio nome) e me apresento assim (o aluno faz outra ação diferente da primeira)".

Indicação de adaptação
Aluno com surdez.

Objetivo
Desenvolver a coordenação motora e a comunicação em Libras e estimular a memória dos alunos.

Material
Nenhum.

Espaço apropriado
Sala multiúso, pátio ou quadra poliesportiva.

5. Todos devem repetir o movimento, e esse procedimento acontece sucessivamente.

6. A brincadeira continua até que todos os alunos tenham se apresentado.

Alfabeto manual

A	J	S
B	K	T
C	L	U
D	M	V
E	N	W
F	O	X
G	P	Y
H	Q	Z
I	R	Ç

Formando grupos

Objetivo
Estimular a socialização, a atenção e a agilidade dos alunos.

Material
Nenhum.

Espaço apropriado
Sala de aula, pátio ou quadra poliesportiva.

Descrição do jogo

1. Todos os alunos devem estar em pé, espalhados pela quadra.

2. Então, indicar a quantidade de alunos que devem reunir-se para formar grupos, dizendo: "Atenção, grupos de oito!".

3. Ao ouvir a indicação, os alunos devem agrupar-se formando equipes de oito integrantes.

4. Os alunos que ficarem de fora deverão sentar e esperar a próxima rodada.

5. A brincadeira continua com o condutor da atividade variando o número.

6. Os alunos que conseguirem agrupar-se até o final da brincadeira serão os vencedores.

Variação

O agrupamento também poderá ser realizado a partir das características dos alunos: quem usa óculos, quem está com o cabelo preso, quem tem olhos azuis, etc.

Observação
É ótimo realizar esta brincadeira no início do ano para facilitar a interação entre os alunos e abrir uma discussão a respeito da possibilidade de participar de diferentes grupos, com diferentes pessoas.

Adaptação – Formando grupos

Descrição do jogo

1. Todos os alunos devem estar em pé, espalhados pela quadra.

2. Todos deverão agachar-se quando o condutor da atividade sinalizar com a bandeira.

3. Então, o condutor sinaliza em Libras a quantidade de alunos que devem reunir-se para formar um grupo

4. Se o condutor fizer o sinal correspondente ao número seis, os alunos deverão reunir-se formando um grupo de seis integrantes.

5. Os alunos que ficarem de fora deverão sentar e esperar a próxima rodada.

6. A brincadeira continua com o condutor da atividade variando o número.

7. Os alunos que conseguirem agrupar-se até o final da brincadeira serão os vencedores.

Anexo

As fichas com os números em Libras encontram-se nos anexos.

Indicação de adaptação

Aluno com surdez.

Objetivo

Estimular a atenção e auxiliar na apropriação de Libras pelos alunos.

Material

Bandeira sinalizadora.

Espaço apropriado

Espaço amplo ou sala de aula.

Sugestão

Um aluno poderá exercer a função de indicar os números para a formação dos grupos.

Assim que as crianças formarem o grupo, elas deverão sentar-se para facilitar a visualização de quem sobrou.

87. Jogo das estátuas

Objetivo
Aprimorar a coordenação motora ampla, a atenção e a observação dos alunos.

Material
Nenhum.

Espaço apropriado
Pátio ou quadra poliesportiva.

Descrição do jogo

1. Todos os alunos ficam em pé, sobre uma linha traçada no chão.
2. Um aluno, que será o mandante, deve ficar a aproximadamente 12 metros de distância, de costas para os demais.
3. Ao sinal predeterminado, todos saem correndo da linha onde estão em direção ao aluno que está de costas. Este deve, ao mesmo tempo, contar rapidamente até dez.
4. Ao final da contagem, o aluno mandante se vira para os demais, que devem imediatamente parar de se mexer, ficando como estátuas.
5. Se o mandante perceber que alguma criança está se mexendo, deverá indicá-la, para que ela volte à linha de largada e aguarde a nova contagem.
6. O aluno mandante se vira de costas de novo e, mais uma vez, conta até dez.
7. Essas ações se repetem até que um dos alunos toque no mandante.
8. A brincadeira deverá continuar até os alunos perderem o interesse ou todos participarem como mandantes.

Curiosidade
A Estátua da Liberdade, localizada no porto de Nova Iorque desde 28 de outubro de 1886, é uma das mais famosas e visitadas do mundo. Ela comemora o centenário da declaração de independência dos Estados Unidos e foi esculpida pelo francês Bartholdi, que usou a própria mãe como modelo.

Adaptação – Jogo das estátuas

Descrição do jogo

1. Todos os alunos ficam em pé, sobre uma linha traçada no chão.

2. Um aluno deverá ficar a aproximadamente 12 metros de distância, de frente para os demais. Ele será o mandante.

3. Deverá ser colocado próximo a ele um objeto, como um apagador, um apontador ou um giz.

4. Assim que virem o sinal feito com a bandeira, todos os alunos deverão sair andando da linha onde estão em direção ao aluno que está de costas. Este começa a contar até cinco, em voz alta e acompanhado com os sinais em Libras.

5. Ao final da contagem, todos devem ficar imóveis como estátua.

6. Se o mandante perceber que alguma criança está se mexendo, deverá indicá-la, para que ela volte à linha de largada e aguarde a nova contagem.

Indicação de adaptação
Aluno com surdez.

Objetivo
Aprimorar a coordenação motora e estimular a atenção e a comunicação em Libras pelos alunos.

Material
Bandeira sinalizadora.

Espaço apropriado
Pátio ou quadra poliesportiva.

7. Após um minuto, a contagem é reiniciada.

8. O objetivo é que um dos alunos consiga pegar o objeto que está ao lado do mandante.

9. A brincadeira deverá continuar até os alunos perderem o interesse ou todos participarem como mandantes.

Números em Libras

1 	6 
2 	7 
3 	8 
4 	9 
5 	10 

88. Jogo dos antônimos

Objetivo
Aprimorar o uso da linguagem e estimular a memória auditiva e a atenção dos alunos.

Material
Nenhum.

Espaço apropriado
Sala de aula.

Descrição do jogo

1. Os alunos devem sentar-se à vontade pela sala de aula.

2. Escolher um dos alunos e apresentar para a turma o nome e uma característica dele ou uma informação sobre ele, seja ela real, seja fictícia. Pode-se dizer, por exemplo: "Mariana tem o cabelo comprido".

3. A aluna Mariana então responde: "Mariana tem o cabelo curto, e André é baixo".

4. André, por sua vez, diz: "André é alto, e Débora mora em uma casa pequena".

5. Assim a atividade segue sucessivamente, com o próximo aluno respondendo com o antônimo e chamando um colega.

6. Será desclassificado o aluno que demorar para responder quando seu nome for citado ou não souber o antônimo da característica mencionada.

7. Ganhará a brincadeira o aluno que permanecer por mais tempo sem violar as regras apresentadas anteriormente.

Sugestão
Esta brincadeira é um ótimo recurso para trabalhar os adjetivos e as características antagônicas.
O conceito de antônimo deve ser apresentado previamente aos alunos.

Importante
A Educação Física na escola deve propor para os alunos uma reflexão sobre como se relacionam o movimento e o pensamento, como se ligam a ação motora e a compreensão. Para que esse propósito seja atingido, é preciso que o educador seja o mediador da aprendizagem, propiciando momentos de conversas após as atividades físicas e, assim, levando os alunos à reflexão.

Exemplos de antônimos

grande	pequeno	simpático	antipático
aberto	fechado	rápido	lento
alto	baixo	sozinho	acompanhado
bonito	feio	pesado	leve
doce	amargo	quente	frio
dentro	fora	escuro	claro
gordo	magro	rico	pobre
seco	molhado	forte	fraco
grosso	fino	justo	injusto
duro	mole	certo	errado

Adaptação – Jogo dos antônimos

Descrição do jogo

1. Dividir a turma em grupos de aproximadamente dez integrantes.
2. Escolher um dos grupos e apresentar o nome e uma característica de um dos alunos ou uma informação sobre ele, seja ela real, seja fictícia. Pode-se dizer, por exemplo: "Mariana tem o cabelo comprido".
3. O grupo de que Mariana fizer parte deverá responder em coro, após seus integrantes chegarem a um consenso: "Mariana tem o cabelo curto, e André é baixo".
4. O grupo de André deve responder em coro, após chegar a um consenso: "André é alto, e Débora mora em uma casa pequena".
5. O grupo de Débora deverá responder em coro, após chegar a um consenso: "Débora mora em uma casa grande, e o cachorro de Pedro é manso".
6. Assim a atividade segue sucessivamente, com o próximo grupo respondendo com o antônimo e chamando um colega. Vale ressaltar que não é possível escolher um participante da própria equipe.
7. Todos os grupos iniciam com dez pontos. Quem errar perderá um ponto, até zerar.
8. Ganhará a brincadeira o grupo que terminar com mais pontos.

Indicação de adaptação
Aluno com deficiência intelectual.

Objetivo
Aprimorar a linguagem e estimular a socialização entre os alunos.

Material
Nenhum.

Espaço apropriado
Sala de aula ou sala multiúso.

Observação
As atividades feitas em dupla ou em grupo com o aluno com deficiência intelectual favorecem a sua participação e auxiliam no seu desempenho futuro, pois, assim, ele se sente mais confiante e com a autoestima mais elevada.
Assim que o aluno com deficiência intelectual tiver realizado algumas vezes a atividade em grupo ou em dupla e demonstrar ter entendido tanto as regras quanto o andamento do jogo, poderá participar individualmente.

89. Meu número

Objetivo
Desenvolver a coordenação motora.

Material
Bambolê.

Espaço apropriado
Quadra poliesportiva ou pátio.

Descrição do jogo

1. Os alunos se posicionam em círculo na quadra.
2. A cada aluno é dado um número oralmente.
3. O aluno número 1 deve ficar no centro do círculo e segurar o bambolê.
4. Para começar a brincadeira, ele deve jogar o bambolê o mais alto possível e falar um número.
5. A criança correspondente ao número falado deve sair do seu lugar rapidamente e pegar o bambolê antes que ele caia no chão.
6. Se o aluno conseguir, deverá dirigir-se para o centro do círculo, jogar o bambolê e falar um novo número.
7. Se não conseguir, ficará sentando no centro da roda e seu número não poderá mais ser falado.
8. O primeiro aluno que jogou o bambolê deverá, neste caso, jogá-lo novamente e falar um novo número.
9. Ganha o jogo o aluno que conseguir ficar em pé ao final da brincadeira.

Adaptação – Meu número

Descrição do jogo

1. Os alunos se posicionam em círculo na quadra, e cada um recebe um número em Libras.

2. Disponibilizar um tempo para que treinem a realização do sinal e compreendam a dos colegas.

3. O aluno número 1 deve ficar no centro do círculo e segurar o bambolê.

4. Para começar a brincadeira, ele deve jogar o bambolê o mais alto possível e fazer a sinalização em Libras de um número.

5. As demais etapas são executadas da mesma maneira que na forma original.

Variação

O bambolê pode ser substituído por uma bola. O jogo também pode ser feito com a utilização de letras do alfabeto em Libras em vez de números.

Indicação de adaptação
Aluno com surdez.

Objetivo
Aprimorar a coordenação motora e estimular a comunicação em Libras.

Material
Bambolê.

Espaço apropriado
Quadra poliesportiva ou pátio.

Números em Libras

1	11	21
2	12	22
3	13	23
4	14	24
5	15	25
6	16	26
7	17	27
8	18	28
9	19	29
10	20	30

90.

O mestre secreto

Objetivo
Desenvolver a coordenação motora, a lateralidade e a percepção visual e corporal dos alunos.

Material
Nenhum.

Espaço apropriado
Sala de aula com cadeiras afastadas, pátio ou quadra poliesportiva.

Descrição do jogo

1. Os alunos se posicionam em pé, formando uma roda.
2. Escolher um aluno para sair da sala.
3. Em seguida, selecionar um aluno da roda para ser o mestre.
4. Os alunos que estão na roda deverão imitar os movimentos do mestre, de forma que o colega que está fora da sala não perceba quem está dando os comandos.
5. Quando o aluno que estiver fora entrar na sala, ele deverá observar os movimentos que os colegas fazem e tentar descobrir quem é o mestre.
6. Quando o aluno descobrir, deverá escolher outros dois alunos: um para sair da sala e outro para ser o mestre.
7. A brincadeira terminará quando todos tiverem sido o mestre.

Variação
Pode ser eleito mais de um mestre na roda. Nesse formato, metade da turma obedece a um mestre; e a outra metade, ao outro.

Adaptação – O mestre secreto

Descrição do jogo

1. A brincadeira será realizada conforme as instruções descritas anteriormente.
2. Ou seja, um dos alunos sai da sala. Os demais escolhem um colega para ser o mestre e se posicionam em roda.
3. Quando aquele que estava fora voltar, todos devem imitar os movimentos realizados pelo mestre, sem indicar quem é ele.
4. O objetivo é que a criança que chegou descubra quem é o mestre.
5. Após o mestre ser descoberto, ele pode sair da sala e outro aluno é escolhido para indicar os próximos movimentos.

Indicação de adaptação
Aluno com deficiência intelectual.

Objetivo
Aprimorar a coordenação motora e estimular a atenção dos alunos.

Material
Ampulheta.

Confecção do material
Encha uma garrafa PET com areia, sal ou farinha; em seguida, tampe-a. Use um prego grande e quente para fazer um furo na tampa. Posicione o gargalo da outra garrafa em cima daquele da que foi tampada e prenda-as com fita--crepe ou fita adesiva. Em seguida, enfeite-as.

Espaço apropriado
Quadra poliesportiva, pátio ou sala multiúso.

Importante
O aluno com deficiência intelectual pode participar primeiro como integrante da roda ou como mestre. Então, depois que ele tiver entendido e percebido que o mestre faz os movimentos antes dos demais, poderá ir para fora da sala, inicialmente com a ajuda de um colega.

Dica
Os alunos poderão ter uma ampulheta para controlar o tempo.

91. Passa anel

Objetivo
Estimular a atenção, a integração e a sensibilidade ao toque por parte dos alunos.

Material
Um anel ou um objeto pequeno que o simbolize.

Espaço apropriado
Sala de aula, quadra poliesportiva ou parque.

Descrição do jogo

1. As crianças ficam sentadas com as palmas das mãos unidas.

2. Uma criança começa a brincadeira, segurando um anel ou um objeto simbólico entre as duas palmas.

3. Então, começa a passar o anel de mão em mão, até deixá-lo com um dos colegas discretamente, de forma que ninguém perceba. É importante que os colegas se mantenham com as palmas das mãos unidas a fim de que ninguém saiba com quem o anel está.

4. Quando tiver estado com todas as crianças, a que estava passando o anel perguntará para um colega, aleatoriamente: "Quem está com o anel?".

5. Se a criança questionada acertar a resposta, ela será responsável por passar o anel na rodada seguinte.

6. Se a criança questionada errar, a nova passadora de anel será a que o tiver escondido entre as mãos.

7. A brincadeira terminará quando todos tiverem oportunidade de passar o anel para os colegas ou quando os alunos perderem o interesse.

Variações

Músicas que podem ser usadas durante a brincadeira:

Ele vai, ele vem,
já passou por aqui,
com seu cavalinho
comendo capim.

Outra versão:
O anel vai na mão.
Ele cairá ou não?
O anel vai na mão.
Ele cairá ou não?

Adaptação – Passa anel

1.

Descrição do jogo

A brincadeira deverá ocorrer de acordo com a forma original. Contudo, os alunos que estiverem esperando receber o anel deverão estar com saquinhos de tecido nas mãos, para o passador de anel colocar o objeto dentro de um dos saquinhos.

Variação

As crianças podem esconder os saquinhos com os pés. Para isso, elas precisam estar sentadas em roda e descalças.

Indicação de adaptação

Aluno com deficiência física.

Objetivo

Desenvolver a consciência corporal e estimular a atenção dos alunos.

Material

Pequeno saco de tecido (pode ser de feltro, retalhos ou TNT) de 20 cm x 10 cm e um anel ou objeto pequeno.

Espaço apropriado

Sala de aula.

Sugestão

Quanto mais crianças participarem desta brincadeira, mais divertida ela será, visto que ela trabalha com a observação das feições faciais. É importante salientar para os alunos mais novos que, ao receberem o anel, eles deverão agir normalmente a fim de que ninguém descubra que o objeto está com eles.

92. Piques coloridos

Objetivo
Desenvolver a coordenação motora e a percepção visual dos alunos.

Material
Nenhum.

Espaço apropriado
Pátio ou quadra poliesportiva.

Descrição do jogo

1. Um aluno é escolhido para ser o primeiro pegador.
2. Os demais devem ficar em pé, espalhados aleatoriamente pela quadra.
3. Ao sinal predeterminado, o pegador deve dizer em voz alta o nome de uma cor, que pode ser o verde, por exemplo.
4. Os demais alunos devem procurar um objeto verde para tocar, pois, assim, o pegador não poderá capturá-los. Caso contrário, serão perseguidos e, assim que forem pegos, terão de trocar de papéis.
5. A brincadeira terminará quando todos tiverem sido o pegador.

Curiosidade
Frequentemente observamos crianças pequenas centradas nos brinquedos oferecidos a elas, com os quais passam horas e horas. É muito comum elas não aceitarem o ponto de vista do outro, querendo sempre ter razão em tudo, parecendo ser "as donas da verdade".
O que Jean Piaget chamava de egocentrismo, no entanto, não pode ser confundido com egoísmo. A fase em que a criança apresenta tal comportamento propicia a ela o desenvolvimento de novos conhecimentos, a formulação de hipóteses e a preparação para uma próxima etapa em que será mais adequada a troca e a brincadeira entre seus pares.

Adaptação – Piques coloridos

Descrição do jogo

1. A brincadeira acontecerá na sua forma original, conforme as instruções apresentadas anteriormente.

2. A criança que for escolhida para ser o pegador deverá indicar uma cor, usando a Língua Brasileira de Sinais.

3. Os demais precisarão procurar um objeto que tenha a cor indicada. Aqueles que não encontrarem, serão perseguidos pelo pegador.

Indicação de adaptação

Aluno com surdez.

Objetivo

Desenvolver a agilidade e estimular a comunicação em Libras entre os alunos.

Material

Nenhum.

Espaço apropriado

Pátio, quadra poliesportiva ou área livre.

Cores em Libras

 AMARELO	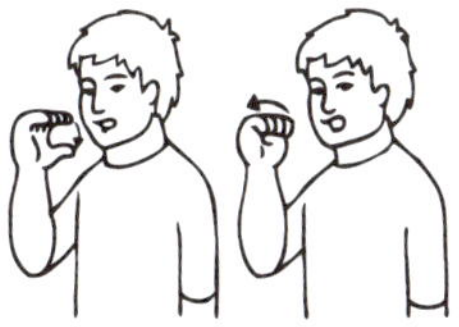 LARANJA
 AZUL	 PRETO
 BRANCO	 VERDE

93. Prestando atenção

Objetivo
Aprimorar a atenção auditiva e a memória dos alunos.

Material
Nenhum.

Espaço apropriado
Sala de aula.

Descrição do jogo

1. Os alunos formam grupos de oito integrantes e se sentam em fileiras.

2. Combinar com os alunos as ações que deverão realizar com o colega que está sentado atrás. Pode-se pedir que os alunos executem, por exemplo, os seguintes comandos:
   - o primeiro aluno dá um abraço no colega da segunda carteira;
   - o segundo segura na mão direita do seguinte;
   - o terceiro coça o queixo do colega;
   - o quarto segura na cabeça de quem está atrás;
   - o quinto toca na ponta da orelha do colega;
   - o sexto dá um sorriso para o colega de trás;
   - o sétimo segura na mão esquerda do último aluno da fileira;
   - o oitavo (e último do grupo) fala o nome de um mamífero.

3. Assim que o último integrante da fileira executar o comando dado a ele, que no caso, é dizer o nome do mamífero, todos os alunos da fileira deverão levantar a mão e gritar "STOP!".

4. A equipe que finalizar primeiro a tarefa ganhará um ponto.

5. Na rodada seguinte, o aluno que estava na oitava carteira será o primeiro, o que alterará a posição de todos os colegas.

6. A brincadeira continua até que todos os alunos tenham realizado todos os comandos.

7. Ganhará a equipe que marcar mais pontos.

Observação
Esta brincadeira pode ser realizada dentro da sala de aula, contribuindo, assim, para que os alunos não fiquem o tempo todo somente sentados e em silêncio. É também um bom instrumento para acalmar uma turma que está agitada, visto que a ajuda a liberar energia enquanto se concentra em uma tarefa. Desse modo, ao fim desta atividade, os alunos estarão mais preparados para, por exemplo, iniciar a discussão de um novo conceito. Numa próxima vez em que brincarem, os próprios alunos poderão escolher as ações que deverão executar, de forma que tenham de realizar uma atividade com cada integrante do grupo.

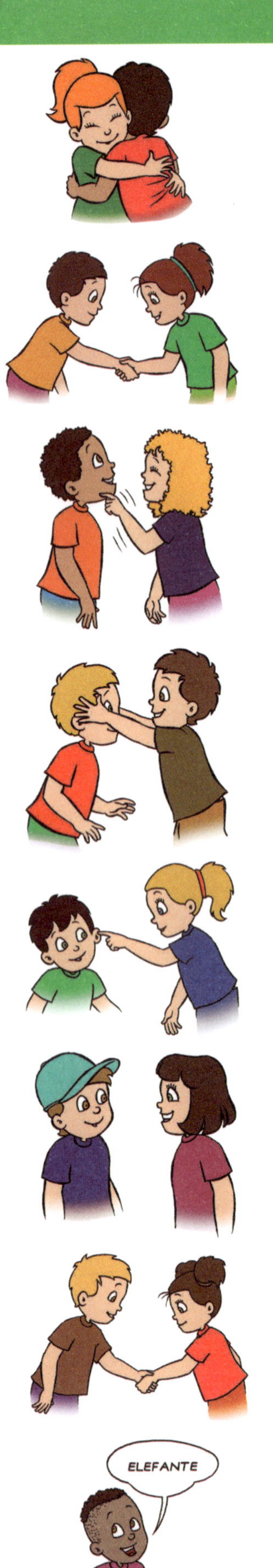

Adaptação – Prestando atenção

Descrição do jogo

1. Os alunos formam grupos de oito integrantes e se posicionam sentados em fileiras.

2. Indicar os comandos que deverão ser seguidos, por exemplo, dar a mão para cada um dos participantes.

3. O aluno que estiver sentado na primeira carteira executará essa ação com todos os colegas, até chegar ao último integrante da fila. Depois, ele deverá voltar ao lugar e sentar-se.

4. O aluno da segunda carteira segue a mesma instrução, e assim sucessivamente. Quando o último participante terminar a atividade, deverá levantar a mão e gritar "STOP!".

5. A equipe que finalizar primeiro a tarefa ganhará um ponto.

6. Na rodada seguinte, pode ser acrescentada mais uma ordem, por exemplo, dar a mão e pentear o cabelo do participante, e assim sucessivamente.

7. Ganhará a equipe que marcar o maior número de pontos.

Indicação de adaptação
Aluno com deficiência intelectual.

Objetivo
Aprimorar a coordenação motora, desenvolver a agilidade e estimular a atenção dos alunos.

Material
Nenhum.

Espaço apropriado
Quadra poliesportiva ou sala de aula.

Importante
O condutor da atividade deve estar atento para perceber se o aluno com deficiência intelectual está entendendo as ordens e se está preparado para a fase seguinte, em que é acrescentada mais uma ação.

94. Qual é a diferença?

Objetivo
Desenvolver a percepção visual, a atenção e a observação dos alunos.

Material
Nenhum.

Espaço apropriado
Pátio, quadra poliesportiva ou sala de aula.

Descrição do jogo

1. Depois que todos os alunos estiverem sentados, um deles sairá do local da brincadeira por alguns minutos.

2. Após a saída do aluno escolhido, os demais devem ficar na mesma posição, exceto um, que se posicionará de modo ligeiramente distinto dos colegas. Se, por exemplo, todas as crianças estiverem com as pernas esticadas e tocando os pés com as mãos, uma delas estará com a mão direita sobre o pé esquerdo e a mão esquerda sobre o pé direito.

3. Quando o aluno que saiu voltar para o local da brincadeira, tentará descobrir qual a diferença entre os alunos.

4. Se ele descobrir, deverá sair da sala de novo.

5. Se errar, deverá trocar de lugar com o aluno que estava em posição diferente, e este deverá sair do local para que os colegas combinem outra posição.

6. A brincadeira terminará quando todos os alunos tiverem participado.

Sugestão
É importante estimular, de forma lúdica e concreta, o desenvolvimento da percepção visual por meio de uma brincadeira, uma vez que isso ajudará os alunos a prestar mais atenção no momento da escrita e, assim, perceber, por exemplo, se alguma letra foi trocada ou se alguma palavra foi escrita de forma não convencional. Desse modo, quanto mais a atenção visual do aluno estiver desenvolvida, melhor será para sua aprendizagem como um todo.

Adaptação – Qual é a diferença?

Indicação de adaptação
Aluno com deficiência intelectual.

Objetivo
Aprimorar a percepção visual, a atenção e a observação, bem como estimular o trabalho em equipe entre os alunos.

Material
Nenhum.

Espaço apropriado
Pátio, quadra poliesportiva ou sala multiúso.

Descrição do jogo

1. Dividir a turma em duplas, que devem estar sentadas.
2. Uma dupla deverá sair do local da brincadeira por alguns minutos.
3. Cada aluno deverá mudar alguma coisa em suas roupas, seu cabelo ou seus acessórios, por exemplo: colocar a blusa do lado avesso, tirar as meias ou arregaçar as barras da calça.
4. Quando a dupla que estava fora voltar para o local da brincadeira, tentará descobrir as mudanças que aconteceram com os colegas.
5. É marcado um ponto para cada acerto.
6. A cada vez que a brincadeira iniciar, as crianças deverão mudar algum dos aspectos mencionados anteriormente.
7. Ganhará a equipe que marcar mais pontos.

95. Qual é o objeto?

Objetivo
Aprimorar a percepção tátil e a atenção.

Material
Venda para os olhos, ampulheta e objetos variados.

Espaço apropriado
Sala de aula, pátio ou quadra poliesportiva.

Descrição do jogo

1. Separar os alunos em duas equipes (A e B); eles se posicionarão em filas (sentados em fileiras no chão ou em suas carteiras).
2. Escolher um aluno da equipe A para ser vendado.
3. Entregar ao aluno um objeto, que ele deverá descobrir usando apenas o tato, dentro do tempo predeterminado.
4. Se o aluno adivinhar, marcará um ponto para sua equipe e terá o direito de escolher outro colega para participar.
5. Se não adivinhar, a venda é passada para um integrante da equipe B (que receberá outro objeto) e sua equipe não marca pontos.
6. A brincadeira termina quando os alunos perderem o interesse ou quando acabarem os objetos a serem descobertos.
7. Ganha a equipe que tiver maior número de pontos.

Curiosidade
É importante disponibilizar objetos das mais variadas formas, utilidades e tamanhos. Essa atividade pode ser utilizada para iniciar o trabalho com algum conceito ou conteúdo que faça uma correlação. Pode-se também propor aos alunos que pesquisem sobre alguns dos objetos utilizados.

Adaptação – Qual é o objeto?

Indicação de adaptação
Aluno com deficiência intelectual.

Objetivo
Aprimorar a percepção tátil e estimular a atenção.

Material
Letras móveis ou em relevo, venda para os olhos e ampulheta.

Espaço apropriado
Quadra poliesportiva, sala multiúso ou pátio.

Descrição do jogo

1. Dividir os alunos em duas equipes e posicioná-los sentados.
2. Vendar um aluno da equipe A e entregar-lhe uma letra em relevo. O objetivo é que ele descubra qual é a letra dentro do tempo predeterminado.
3. Se acertar, deverá falar o nome de uma pessoa com a inicial da letra, marcando assim um ponto para sua equipe.
4. Se não adivinhar, não marca ponto e passa a vez para um integrante da equipe B.
5. A brincadeira termina quando os alunos perderem o interesse ou quando acabarem as letras a serem descobertas.
6. Ganha a equipe que tiver maior número de pontos.
7. Se o aluno com deficiência intelectual não conhecer ainda as letras, poderá ser ajudado por um colega.

96. Resta um

Objetivo
Desenvolver o raciocínio e a atenção visual dos alunos.

Material
Um tabuleiro e 33 peças.

Confecção do material
Cortar um quadrado de isopor e demarcar a área de jogo no centro, formada por três fileiras de casas que se cruzam. Pintar 33 tampinhas de garrafa para serem as peças. O tabuleiro pode ainda ser confeccionado sobre um pedaço de papelão, de E.V.A ou de placa de madeira.

Espaço apropriado
Sala de aula.

Descrição do jogo

1. Cada aluno poderá confeccionar o seu jogo e posicionar as peças nas casinhas, deixando apenas a casa central vazia.

2. Para jogar, basta pular uma peça por cima da outra, de maneira que passe a ocupar uma casa vazia. Deve-se retirar a tampa que foi pulada.

3. O objetivo do jogo é fazer com que sobre apenas uma peça no tabuleiro.

4. O jogo terminará quando restar apenas uma peça ou não for mais possível fazer outros movimentos porque as peças estão em uma posição distante umas das outras.

Variações

Podem ser usadas bolinhas de gude como peças, em um tabuleiro onde elas se encaixem. Nesse caso, esse tabuleiro não deve ser manuseado por crianças pequenas.

Curiosidade
O Resta um é um tipo de quebra-cabeça. Uma das versões que explicam o surgimento dele conta que, durante a Revolução Francesa, um presidiário, não suportando mais permanecer sozinho em sua cela, inventou esse jogo para passar o tempo.

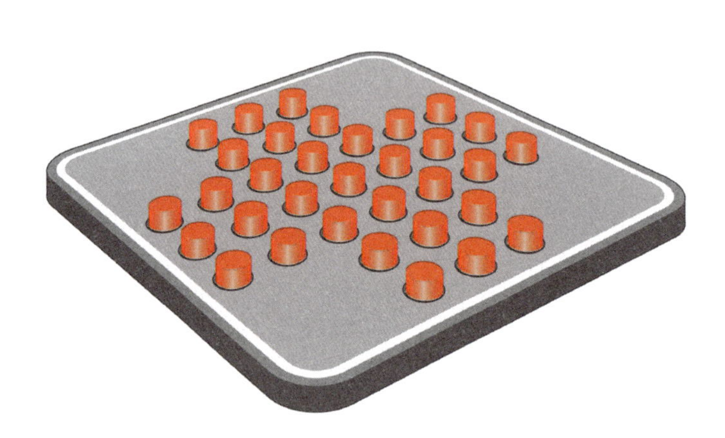

Adaptação – Resta um

Descrição do jogo

1. A brincadeira acontecerá de acordo com as regras originais, conforme as descrições da página anterior.

2. Para o aluno com deficiência física, podem ser feitas as seguintes adaptações: Montar o tabuleiro de isopor e confeccionar as peças com pedaços de 10 centímetros de canos de PVC que se encaixem no tabuleiro, e eles devem ser bem cortados para que não fiquem bordas ásperas. Para tanto, o ideal é envolver com fita adesiva a borda de cada uma das peças, as quais podem ser decoradas com fita adesiva ou papel adesivo estampado. A fim de facilitar o manuseio das peças, as casinhas não podem estar muito próximas umas das outras.

Indicação de adaptação
Aluno com deficiência física.

Objetivo
Desenvolver a atenção e a concentração e estimular o raciocínio lógico dos alunos.

Material
Tabuleiro feito de isopor, com casinhas vazadas e 33 peças de PVC.

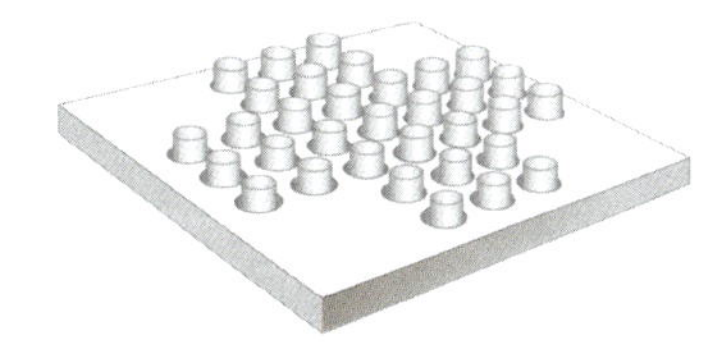

Espaço apropriado:
Sala multiúso ou sala de aula.

Se necessário, o condutor da atividade deverá fixar o tabuleiro na mesa a fim de que ele não seja empurrado quando o aluno estiver jogando.

A criança precisa estar bem acomodada e com o tabuleiro próximo a seu corpo, porque isso favorecerá a movimentação das peças.

97. Telefone sem fio

Objetivo
Estimular a interação, a discriminação auditiva e a memória dos alunos.

Material
Nenhum.

Espaço apropriado
Sala de aula, pátio ou quadra poliesportiva.

Descrição do jogo

1. Dividir a turma em duas equipes (A e B, por exemplo), que deverão posicionar-se em fila.

2. O primeiro aluno da equipe A será colocado na fila da equipe B e vice-versa.

3. A atividade acontecerá simultaneamente entre as duas equipes, que seguirão as mesmas regras.

4. O aluno da equipe A irá sussurrar uma expressão, uma palavra ou uma frase no ouvido no aluno da equipe B, que deverá fazê-lo no ouvido do aluno ao lado.

5. O aluno que receber a mensagem deverá repassá-la até que ela chegue ao último da fila.

6. O último aluno deverá dizer a expressão em voz alta. Então, é feita uma comparação com a mensagem inicial.

7. Ganhará a equipe que conquistar o maior número de pontos por ter conseguido reproduzir a mensagem de maneira mais próxima à inicial.

Curiosidade
A brincadeira do telefone sem fio traz uma reflexão sobre os problemas de comunicação que acontecem entre todos nós e que geram algumas brincadeiras e muitos mal-entendidos.
O telefone foi descoberto por Graham Bell em 1875.

Adaptação – Telefone sem fio

Descrição do jogo

1. Dividir os alunos em equipes de, no máximo, dez integrantes.

2. Posicionar os alunos sentados em fila.

3. Cada aluno deverá ter em mãos um papel e uma caneta.

4. Indicar ao último aluno de cada fila a letra que será repassada aos colegas.

5. O último integrante deverá, apoiado no colega que está a sua frente, escrever no papel a letra escolhida, e assim sucessivamente.

6. Quando o aluno perceber qual foi a letra escrita no papel em suas costas, deverá escrevê-la da mesma maneira em quem está na frente.

7. O primeiro da fila, ao perceber a letra que foi escrita nas suas costas, deverá escrever no papel e levantá-lo, mostrando o que está escrito nele.

8. Ganhará a equipe que primeiro conseguir escrever corretamente a letra transmitida pelo condutor da atividade.

9. Cada acerto vale um ponto. É importante combinar a pontuação antes do início da partida para definir o vencedor.

Indicação de adaptação
Aluno com surdez.

Objetivo
Desenvolver o trabalho em equipe e aprimorar a percepção corporal dos alunos.

Material
Papel e caneta.

Espaço apropriado
Pátio, sala de aula ou quadra poliesportiva.

Observação
Para dar o comando inicial, posicionar-se de maneira que não privilegie o deslocamento de nenhum dos alunos.
As filas não devem estar ao lado uma da outra, mas sim de frente uma para a outra, a fim de impossibilitar que os integrantes de uma fila fiquem olhando a outra.
A criança deverá ficar de cabeça baixa quando o colega estiver "escrevendo" em suas costas, para facilitar a percepção.

98. Tempestade no mar

Objetivo
Estimular a atenção auditiva, a agilidade e a coordenação motora.

Material
Cadeiras.

Espaço apropriado
Pátio ou quadra poliesportiva.

Descrição do jogo

1. Posicionar cadeiras em círculo, sendo a quantidade equivalente ao número de participantes menos um.

2. No centro da roda de cadeiras deverá ficar um aluno em pé; ele será o comandante, enquanto todos os outros alunos ficarão sentados.

3. Para iniciar a brincadeira, o comandante dirá:
– Senhores tripulantes do navio, estamos numa tempestade e vocês deverão seguir minhas ordens.
E então, dá uma instrução, por exemplo:
– Todos para a direita.

4. Ao ouvir a ordem do comandante, cada aluno deverá se sentar na cadeira que estará à sua direita.

5. Quando o comandante disser "Todos para a esquerda", os alunos farão o mesmo para o lado esquerdo.

6. A brincadeira segue da maneira como o comandante desejar, até o momento em que ele disser: – Tempestade no mar!

7. Então, todos os alunos devem correr e mudar de cadeiras aleatoriamente, momento em que o comandante também deverá se sentar.

8. O aluno que permanecer em pé será o novo comandante.

9. A brincadeira continua até que todos tenham sido o comandante ou até perderem o interesse.

Adaptação – Tempestade no mar

Indicação de adaptação
Aluno com deficiência física.

Objetivo
Aprimorar a coordenação motora e ampliar a orientação espacial.

Material
Barquinho de dobradura e cadeiras.

Espaço apropriado
Sala de aula ou sala multiúso.

Descrição do jogo

1. Posicionar cadeiras em círculo, sendo a quantidade equivalente ao número de participantes menos um.
2. Escolher um dos alunos para ser o comandante. Ele deverá ficar sentado em uma cadeira no centro da roda.
3. Para iniciar a brincadeira, o comandante dirá: – Senhores tripulantes do navio, estamos numa tempestade e vocês deverão me ajudar e seguir minhas ordens.
   E, então, dá uma instrução, por exemplo: – Levar o barco para a direita.
4. Neste momento, todos os alunos devem entregar seu barquinho de papel para o aluno que estiver à sua direita.
5. Quando o comandante disser "Levar o barco para a esquerda", os alunos farão o mesmo para o outro lado.
6. A brincadeira segue da maneira como o comandante desejar, até o momento em que disser: – Tempestade no mar!
7. Então, todos os alunos devem jogar seus barquinhos para um colega e tentar pegar o barquinho de outro colega, sem sair do lugar. Enquanto isso, o comandante tenta pegar um barquinho.
8. O aluno que ficar sem barquinho será o novo comandante.
9. A brincadeira continua até que todos tenham sido o comandante ou até perderem o interesse.

99. Trabalho e trabalhador

Objetivo
Aprimorar a linguagem, a coordenação visomotora, a atenção e a memória auditiva dos alunos.

Material
Bola.

Espaço apropriado
Sala de aula, pátio ou quadra poliesportiva.

Descrição do jogo

1. Orientar os alunos a se sentarem em roda.
2. Lançar uma bola de papel para um dos alunos e dizer o nome de uma profissão.
3. Aquele que receber a bola deverá dizer o que as pessoas que exercem essa profissão fazem.
4. Em seguida, o aluno lança a bola para um colega e fala o nome de outra profissão.
5. Aquele que receber a bola deverá dizer o que o profissional da área faz.
6. Quem não souber o que dizer ou demorar mais de cinco segundos para responder será desclassificado e deverá sair da roda.
7. Ganhará a brincadeira o aluno que permanecer por último na roda.

Sugestão
Esta atividade pode desencadear uma grande pesquisa sobre as profissões. Primeiro, cada aluno poderá entrevistar seus pais com questões referentes à profissão que eles exercem e sua formação para apresentar aos colegas de classe. Após isso, a entrevista pode ser estendida para pessoas da família, da escola e da comunidade. Depois dessa primeira fase, é possível propor que os alunos pesquisem sobre quais profissões mais lhes chamam atenção e o que eles desejam fazer quando crescerem. É interessante também chamar alguns dos profissionais mais citados na pesquisa para uma conversa com os alunos. A partir dos dados obtidos, pode ser feito um mural que será exposto para outras salas.

Adaptação – Trabalho e trabalhador

Descrição do jogo

1. Orientar os alunos a se sentarem em roda.
2. Uma caixa contendo as fichas com os sinais deve estar no meio da roda.
3. Lançar uma bola de papel para um dos alunos.
4. Quando ele pegar a bola, deverá levantar-se e sortear uma ficha da caixa.
5. Em seguida, para que todos saibam qual é a profissão indicada, o aluno deverá mostrar o papel aos colegas e fazer o sinal correspondente. Se ele acertar, marcará um ponto.
6. Depois de fazer o sinal, o aluno deverá lançar a bola para outro colega, que repetirá a ação.
7. Ganhará a brincadeira o aluno que conquistar mais pontos.

Indicação de adaptação
Aluno com surdez.

Objetivo
Desenvolver o trabalho em equipe e estimular a atenção e o repertório de Libras dos alunos.

Material
Fichas com o nome das profissões, uma caixa e uma bola.

Espaço apropriado
Pátio, quadra poliesportiva ou sala multiúso.

Variação
O jogo pode ser realizado em equipe. Assim, cada vez que o aluno acertar o sinal, é ela quem marcará ponto.

Profissões em Libras

Profissões		
Advogado	Bancário	Costureira
Arquiteto	Bombeiro	Dentista
Bailarina	Cabeleireiro	Médico

Anexo
As fichas com as profissões encontram-se nos anexos.

100. Vivo ou morto

Objetivo
Estimular a atenção, a integração e desenvolver a agilidade, a percepção auditiva e os reflexos dos alunos.

Material
Nenhum.

Espaço apropriado
Sala de aula, pátio ou quadra poliesportiva.

Descrição do jogo

1. Todos os alunos devem estar em pé, e um deles será o chefe.

2. O chefe dará aos colegas os comandos de movimento:
   - Vivo – os alunos devem ficar em pé.
   - Morto – os alunos devem ficar agachados.

3. Quando o aluno errar a ação indicada, deverá sentar-se até que comece a próxima rodada.

4. O último a errar o comando será o novo chefe da brincadeira.

5. A brincadeira terminará quando todos tiverem sido o chefe.

Variações

O chefe pode também fazer os movimentos de se agachar e levantar, porém dando em voz alta os comandos invertidos. Podem existir variações, como "Sol ou chuva" e "Terra ou mar", mas a brincadeira consiste basicamente em criar comandos constituídos por palavras antagônicas que representam determinado movimento. Caso se decida brincar de "Terra ou mar", basta traçar um risco no chão, e as crianças devem atravessá-lo de um lado para outro.

Adaptação – Vivo ou morto

Descrição do jogo

1. Todos os alunos devem estar em pé, e um deles será o chefe.

2. O chefe mostrará os cartões aos colegas para indicar seus comandos:
   - Vivo (verde) – os alunos devem ficar em pé.
   - Morto (vermelho) – os alunos devem ficar agachados.
   - Estátua (azul) – os alunos devem ficar como estão, sem se mexer.

3. Quando o aluno errar a ação indicada, deverá sentar-se até que comece a próxima rodada.

Indicação de adaptação
Aluno com surdez.

Objetivo
Estimular a atenção e desenvolver a agilidade dos alunos.

Material
Cartões com cores diferentes, como verde, vermelho e azul.

Espaço apropriado
Sala de aula com cadeiras afastadas, pátio ou quadra poliesportiva.

4. O último a errar o comando será o novo chefe da brincadeira.

5. A brincadeira terminará quando todos tiverem sido o chefe.

Sugestão
Novos comandos podem ser introduzidos, basta aumentar o número de cartões, por exemplo:
Múmia (branco) – os alunos devem deitar no chão.
Zumbi (roxo) – os alunos devem ficar na ponta dos pés e levantar os braços.

ANEXOS

Números em Libras

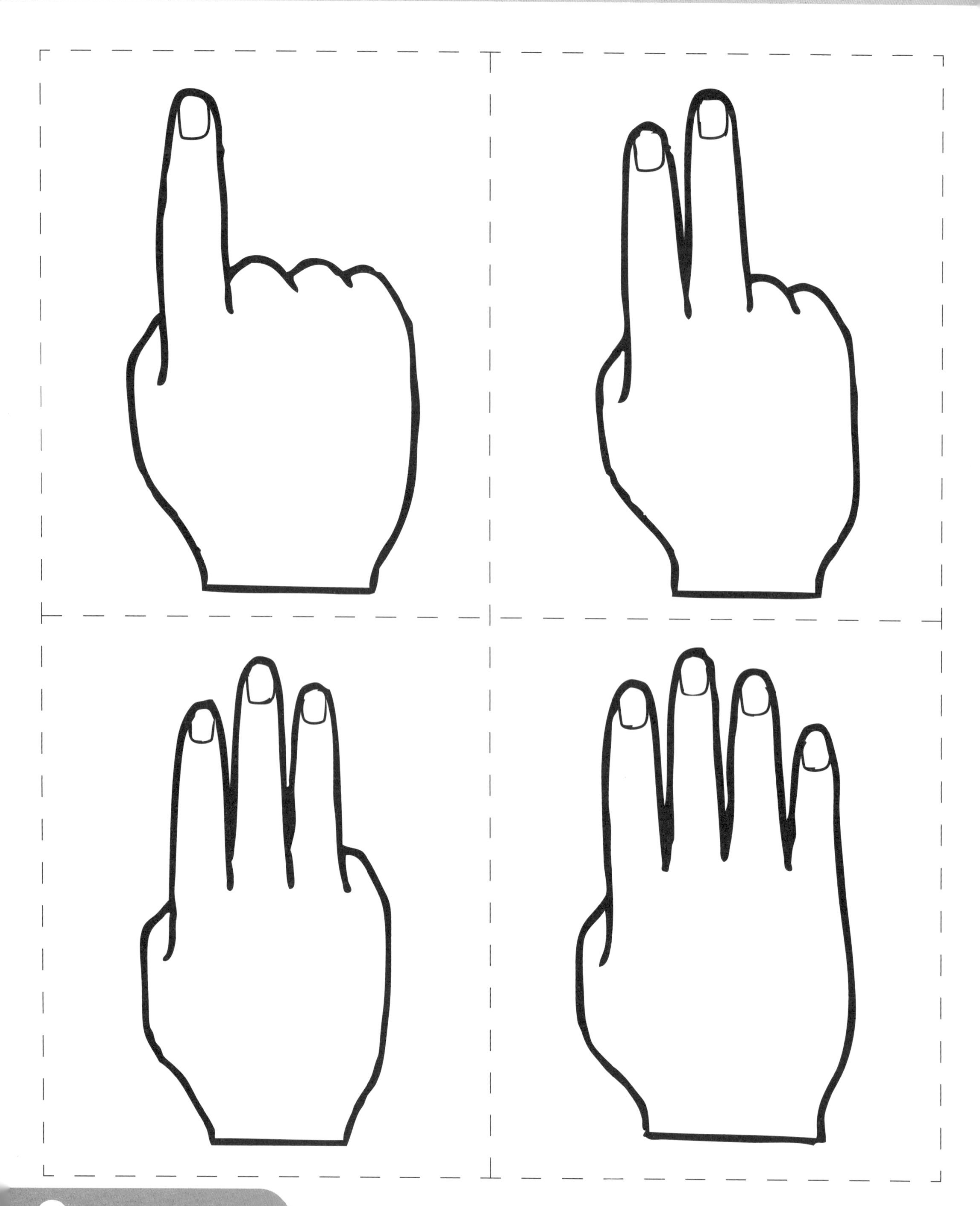

Números em Libras

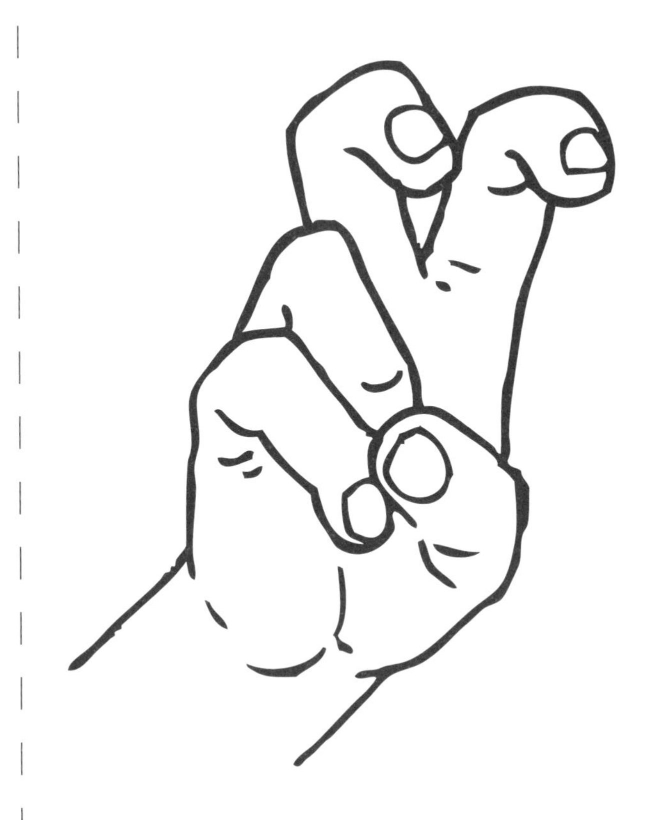

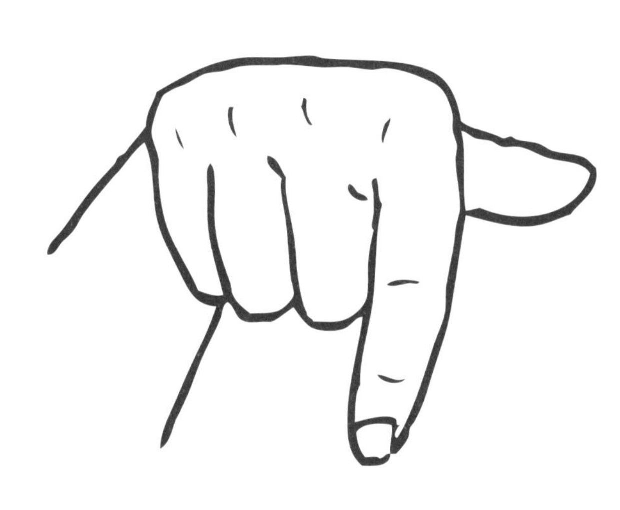

Números em Libras

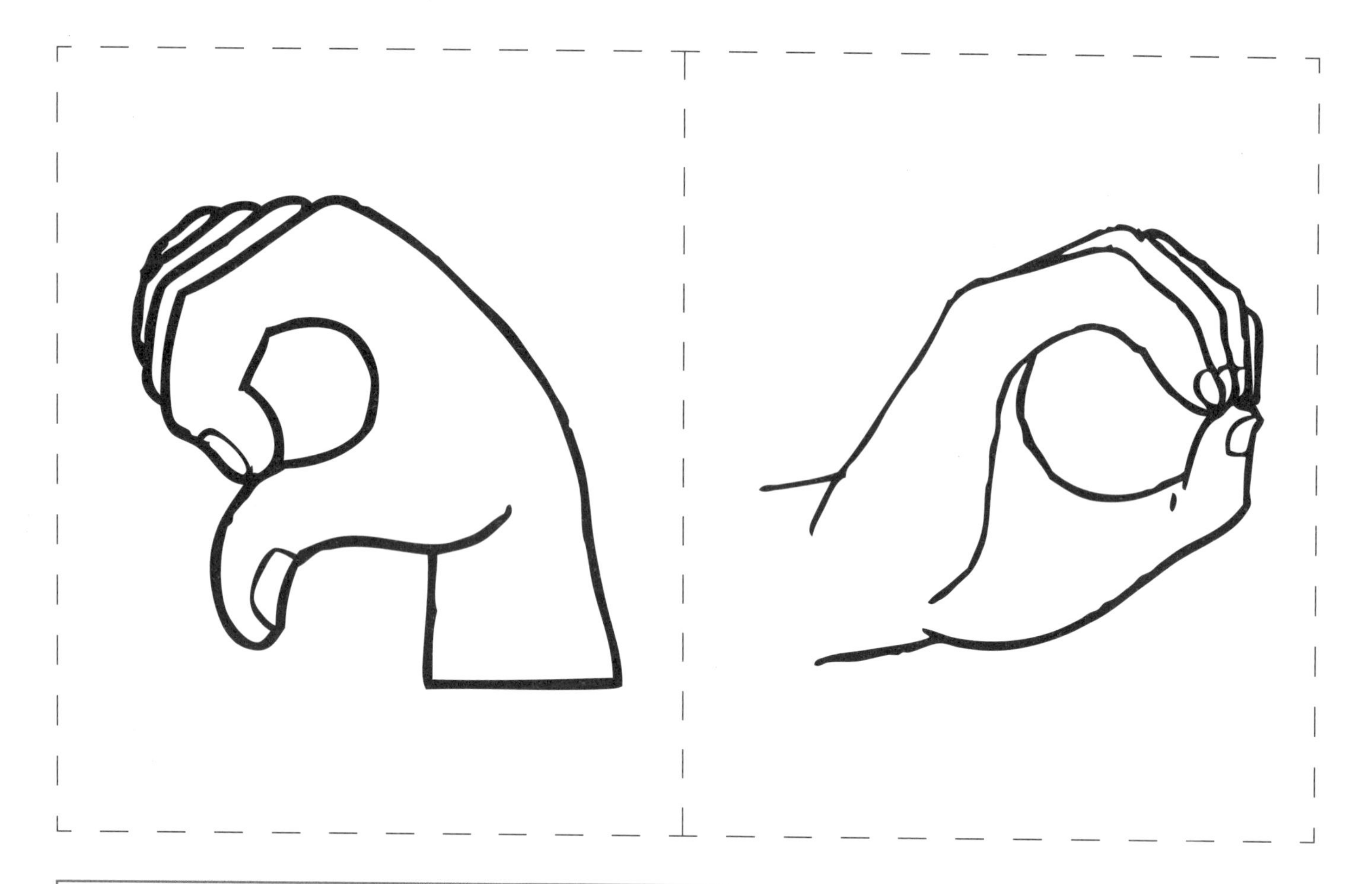

Os números em Libras poderão
ser utilizados em várias atividades deste livro.

Passeio de bonde

Beijo, abraço, aperto de mão

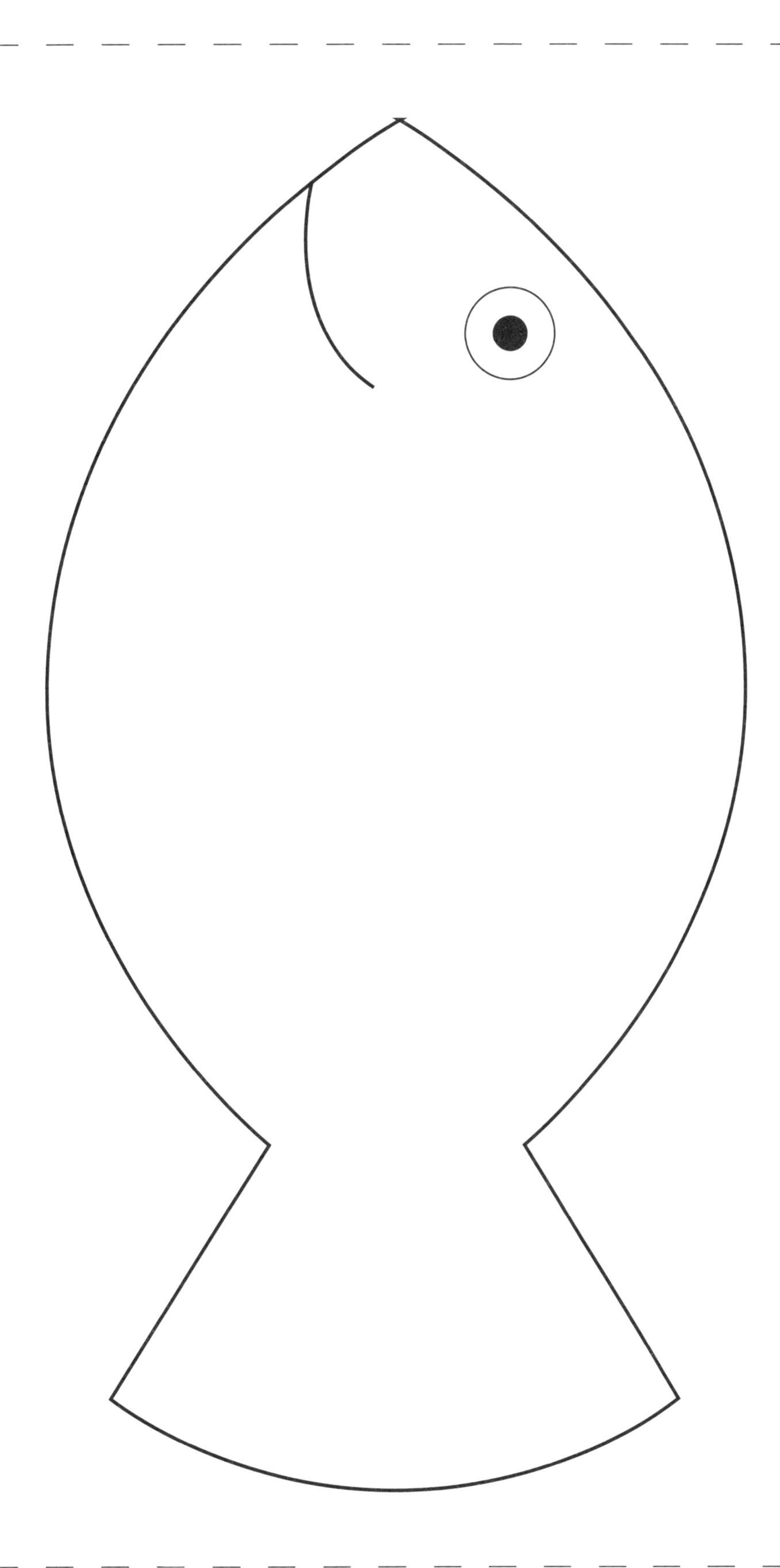

Torce e retorce

Torce e retorce

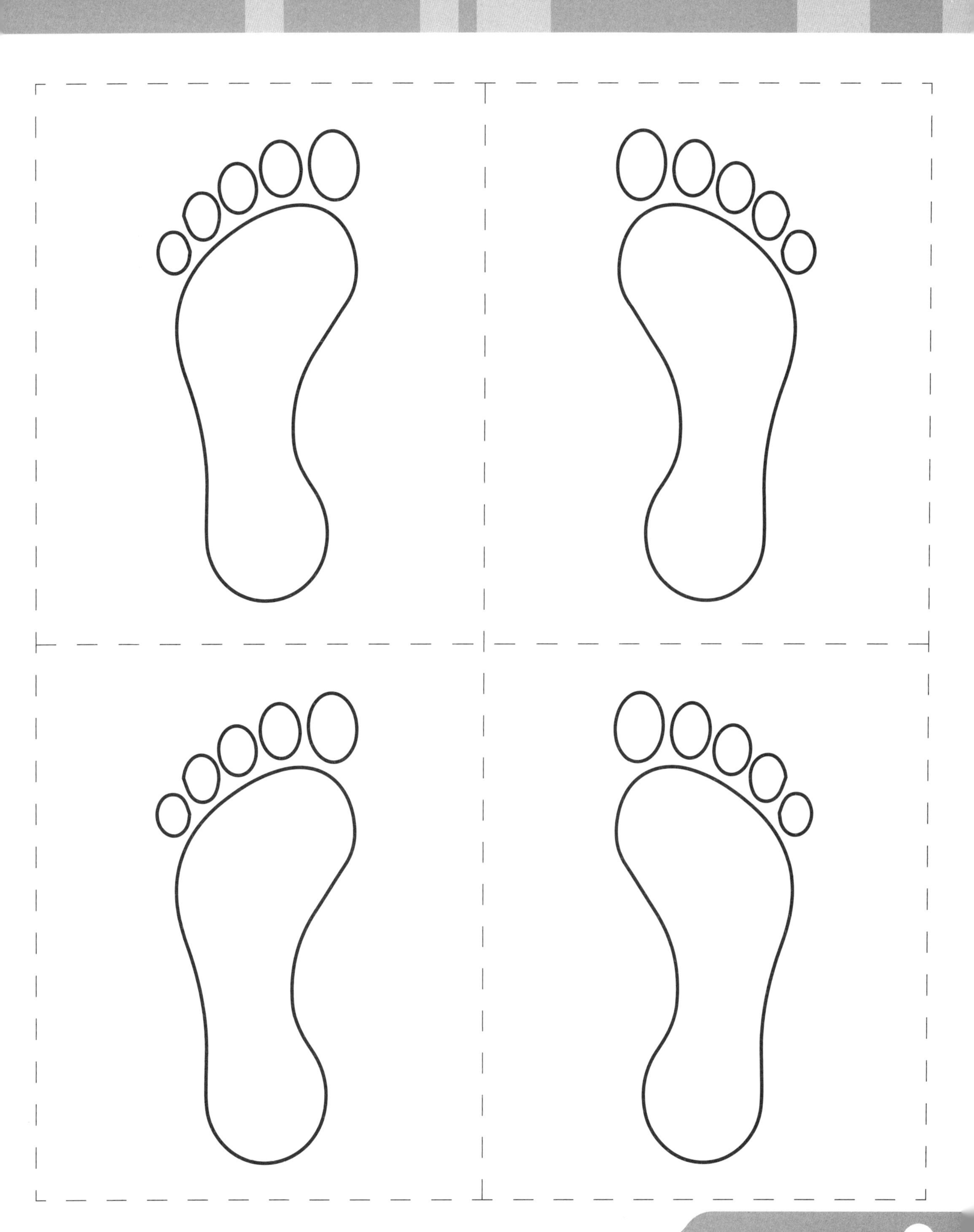

Adivinhem que animal eu sou

Adivinhem que animal eu sou

Adivinhem que animal eu sou

Bumerangue

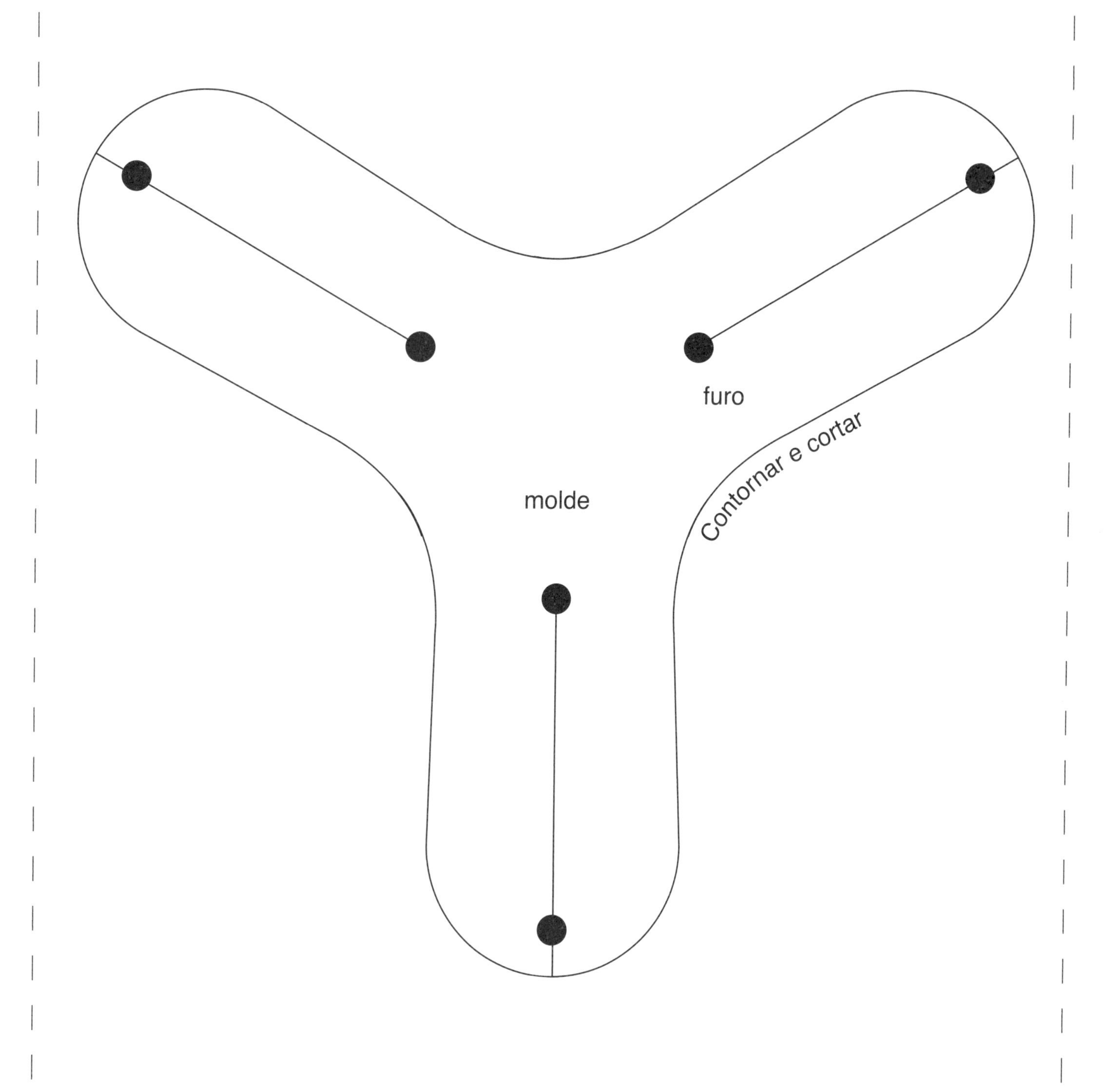

Trabalho e trabalhador

Advogado

Bombeiro

Arquiteto

Cabeleireiro

Bailarina

Cantor

Bancário

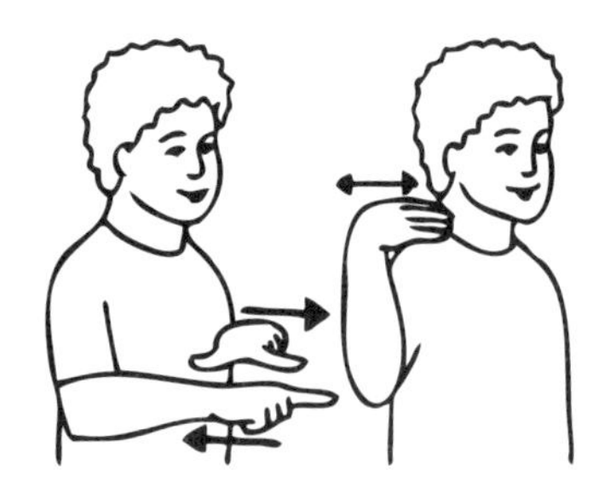

Costureira

Trabalho e trabalhador

Dentista

Faxineiro

Desenhista

Garçom

Detetive

Mágico

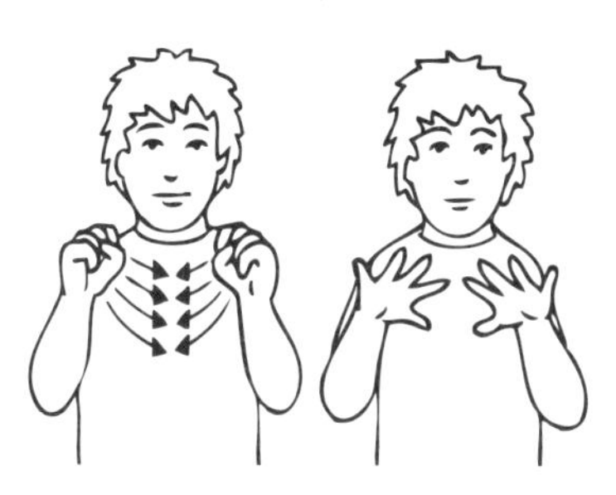

Empregada doméstica

Manicure

Trabalho e trabalhador

Marinheiro

Pintor

Padeiro

Professor

Pedreiro

Vendedor

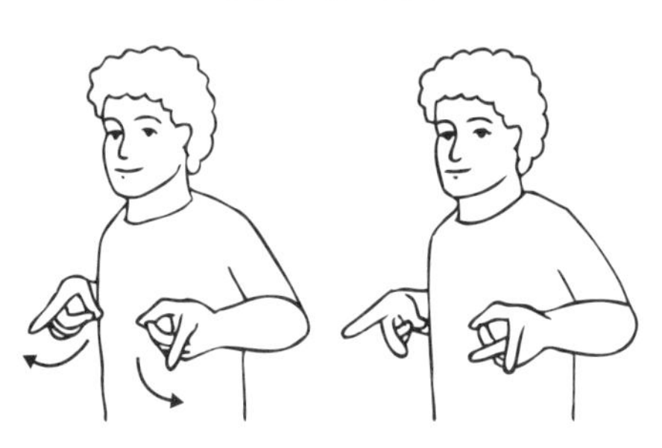

Piloto

Veterinário

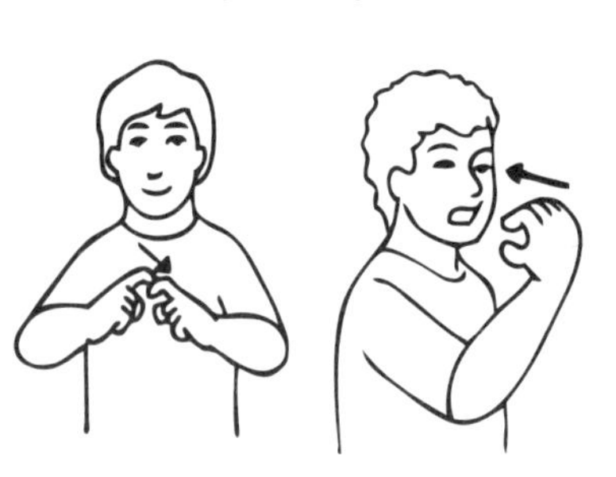